快乐读书 爱上语文
彩绘版 无障碍阅读

中国古代寓言故事

张丝平 / 主编

天津出版传媒集团
百花文艺出版社

图书在版编目（CIP）数据

中国古代寓言故事 / 张丝平主编．-- 天津：百花文艺出版社，2015.5（2024.4 重印）
ISBN 978-7-5306-6710-1

Ⅰ．①中… Ⅱ．①张… Ⅲ．①寓言-作品集-中国-古代 Ⅳ．①I276.4

中国版本图书馆 CIP 数据核字(2015)第 091008 号

中国古代寓言故事
ZHONGGUO GUDAI YUYAN GUSHI
张丝平 主编

出 版 人：薛印胜
责任编辑：张 雪
装帧设计：文贤阁
封面设计：宋双成
出版发行：百花文艺出版社
地址：天津市和平区西康路 35 号 **邮编：**300051
电话传真：+86-22-23332651（发行部）
+86-22-23332656（总编室）
+86-22-23332478（邮购部）
网址：http://www.baihuawenyi.com
印刷：天津泰宇印务有限公司
开本：710 毫米×1000 毫米 1/16
字数：133 千字
印张：12
版次：2015 年 5 月第 1 版
印次：2024 年 4 月第 3 次印刷
定价：29.80 元

如有印装质量问题，请与天津泰宇印务有限公司联系调换
地址：天津市宝坻区马家店工业区建铨道 3 号
电话：(022)59219088 邮编：301801

名人推荐

谢冕

1932年生，福建福州人，著名文艺评论家、诗人、作家，北京大学教授、博士研究生导师。曾任北京大学中国语言文学研究所所长，中国新诗研究所所长，《新诗评论》主编。现任中国作家协会全国委员会名誉委员，北京市作家协会名誉副主席，中国当代文学研究会副会长等。1980年他筹办并主持了全国唯一的诗歌理论刊物《诗探索》，并任该刊主编。同时，谢冕参与了北京大学中国当代文学学科建设，建立了该科第一个博士点，他也成为该校第一位指导当代文学的博士生导师。

著有《文学的绿色革命》《中国现代诗人论》《新世纪的太阳》《论二十世纪中国文学》《1898：百年忧患》等专著十余种，另有散文随笔《世纪留言》《流向远方的水》《永远的校园》等。主编《中国百年文学经典文库》（10卷）、《百年中国文学经典》（8卷）等。

推荐寄语

读书是一种接受前人智慧的方式。因为读书，文化得以传承和发扬。读书不仅于个人有益，也于社会发展和人类进步有益。

谢冕

张梦阳 作家、学者，中国社会科学院文学研究所研究员，中国鲁迅研究会副会长。著有《鲁迅杂文研究六十年》（浙江文艺出版社 1986 年出版）、《阿 Q 新论——阿 Q 与世界文学中的精神典型问题》（陕西人民教育出版社 1996 年出版）、《鲁迅对中国人的思维批判》（东方出版社 2011 年出版）等。作品曾获中国社会科学院优秀科研成果奖，其鲁迅研究书系获 1997 年国家图书奖提名奖。

祝晓风 中国社会科学院文学研究所编审，中华文学史料学学会近现代史料学分会副会长，南开大学教授，文学博士。曾任光明日报社主任编辑，《中华读书报》编辑部主任，中国社会科学杂志社编审、编辑中心主任，《中国社会科学报》第一届编委，《中国社会科学报》常务副主任。著有《读书无新闻》（东方出版社 2006 年出版）、《有声与无声之间》（中国社会科学出版社 2011 年出版）等。

刘培 山东大学文史哲编辑部教授、博士生导师，文学博士。2002 ~ 2004 年在南京师范大学博士后流动站工作。2009 年入选教育部新世纪优秀人才支持计划。著有《北宋辞赋研究》（山东人民出版社 2009 年出版）。在《文学评论》《文学遗产》《文艺研究》《北京大学学报》《南开学报》《四川大学学报》《江海学刊》等学术期刊发表论文 50 余篇。

杜语 线装书局出版中心副主任、第一编辑室主任、副编审、历史学博士。于 2009 ~ 2010 年在美国克莱姆森大学中国研究中心做访问学者。著有《开埠史话》（社会科学文献出版社 2000 年出版）、《英雄论英雄》（中国城市出版社 2003 年出版）、《挑战千年变局》（中国社会科学出版社 2010 年出版）等。在《中国社会科学院研究生院学报》《中国教育报》《中国农民报》《中国改革报》《人民论坛》等报刊发表论文、通讯、高层访谈等数十篇。

专家编审团

杨东林 文学博士，深圳大学文学院党委书记、中文系副教授。主要从事中国古代文学和古代文论方面的教学研究，在《文学评论》《文史哲》等刊物发表学术论文多篇。

郭灿金 历史作家，文学博士，河南大学副编审。著有《中国人最易误解的文史常识》（中国书籍出版社 2006 年出版）、《大唐盛世最有争议的 30 个人》（中国书籍出版社 2008 年出版）、《郭灿金读史》（长江出版集团 2009 年出版）、《史记（注译）》（中州古籍出版社 2010 年出版）等。其中，《趣读史记》系列 2007 年多次进入新浪畅销书排行榜前十名；《中国人最易误解的文史常识》曾获由中国书刊发行业协会主办的“2007 年度全行业优秀畅销品种”称号。

宋永健 北京市海淀区语文骨干教师，首都师范大学第二附属中学教师。致力于中、高考研究和教育科学研究工作，所写教学案例、教学设计多次荣获市、区级奖励。

高凤香 陕西省杨凌中学高级语文教师，杨凌作家协会副主席，《杨凌文苑》杂志副主编。著有《新课程下创新教学探析》（万卷出版公司 2013 年出版）、《温一壶月光》（敦煌文艺出版社 2013 年出版）等。

序言

苏联教育家苏霍姆林斯基曾说过：“让孩子变聪明的方法，不是补课，不是增加作业量，而是阅读，阅读，再阅读。”

如果说文化是人类的一份精神遗产，那么阅读就是开启这份遗产的金钥匙。在这种美好的感情和这块灿烂的文明沃土上，优秀的文学名著传达着人类对生命、对历史、对未来的憧憬和思考，其闪耀的智慧穿越古今中外，经过岁月的磨砺，升华成今天的经典。阅读美好的有价值的文学名著，是了解社会、认知自我的有效途径。

让我们一起阅读《论语》《诗经》，阅读《红楼梦》，阅读《雾都孤儿》，阅读《安徒生童话》……日不间断，我们也许会因为书中一段华丽的诗句而激扬，也许会为某个主人公的坎坷遭遇而落泪……任思绪随着书中动人的故事飘飞。阅读的过程就是励志、炼心、启智的过程。水滴石穿，绳锯木断。天长日久，积累的是知识，培养的是情感，塑造的是品格，净化的是灵魂……

本套书考虑各年龄段读者诵读古诗文、现代文学作品，以及外国文学作品等的阅读习惯，设置了知识链接、专家解疑、智慧引路、名家导读、哲理名言、名师点拨、好词好句、阅读思考、名家品评、重点测试等栏目。全套书图文并茂，精美的彩色插图，令经典的情节完美呈现，让读者在阅读文字的同时，感受具体的情景描述，增加阅读的乐趣。

畅读经典文学名著，启迪智慧，唤醒心灵

知识链接

作品速览

寓言是文学作品的一种体裁，"寓言"一词，最早见于《庄子》的寓言篇。"寓言"这个词由"寓"和"言"两个字组成，"寓"有寄托或托付的意思；而"言"则是语词或话语的意思。寓言往往以假托的故事或自然物的拟人手法揭示发人深省的道理。我国的历史文化源远流长，留下了许多脍炙人口的寓言故事。我国的寓言早期主要以民间口头创作为主，在我国春秋战国时期就已经非常流行。汉魏以后，一些名家在文学创作过程中，也常常通过创作寓言故事来讽刺现实。

在浩瀚的文学王国里，寓言有着举足轻重的地位，而中国古代的寓言故事对中国文学的影响也是极为深远的，其中很多都已经成为人们语言中经常运用并有固定意义的成语、谚语和格言了，如《望梅止渴》《乐不思蜀》等。

中国古代寓言故事按照思想内容主要可以分为三大类：

第一类是以生动活泼的比喻讲出深刻的哲理，不仅给人带来美的享受，还给人以智慧的启迪，如《染丝的联想》《大鹏和焦冥》等。

第二类是具有"劝善惩恶"性质的，其中有许多故事都给人以积极的

·9·

知识链接：全面熟悉文学作品内容，快速掌握相关的文学文化常识。

人物介绍：对故事中出现的主要人物进行介绍，帮助学生更好地理解文章内容，扩宽知识界面。

中国古代寓言故事

过路人一听大为惊奇，今天可看见老神仙了，真是大开眼界。

第三位老人说："你们听说过王母娘娘的仙桃吗？那可是一万年才熟一次的呀！可我吃的仙桃已经无数，我每吃一个仙桃，就把它的核丢到昆仑山下，而今那些丢掉的仙桃核，已经堆积得和昆仑山一样高了！"

过路人这一次反而非常平静，一点儿也不吃惊，他说："原来是三个老牛皮精。"

「人物介绍」王母娘娘：西王母的通称，神话中的女神，住在昆仑山的瑶池，她园子里种有蟠桃，人吃了能长生不老。道教奉为女仙中最高尊神。

智慧引路

没有边际地吹牛皮是没有一点用处的，只会让自己的可信度更加大打折扣而已。

黎丘老丈

魏国都城大梁以北的黎丘乡，经常有爱装扮成乡人子侄、兄弟的鬼怪出没。有一天，家住黎丘农村的一位老人在集市上喝了酒，醉醺醺地往家走，在半路上碰到了装作自己儿子模样的黎丘鬼怪。那鬼怪一边假惺惺地搀扶老人，一边左推右晃，让老人一路上受够了罪。

老人回到家里以后，不脱鞋，合着衣，倒在床上就睡着了。

「专家解疑」醉醺醺：状态词，形容人喝醉了酒的样子。假惺惺：状态词，虚情假意的样子。

20

专家解疑：专家智慧解答，排难解疑，扫除阅读障碍。

智慧引路：开启智慧的大门，引领前行，深入思考。

名家导读：名家引路，撷取文章精华，提炼中心思想。

哲理名言：一句名言可以影响人的一生。

中国古代寓言故事

第一章 真伪篇

中国古代寓言故事的对象涵盖范围非常广，上至帝王将相，下至平民百姓；内容也是丰富多彩，揭示了不同的寓意。在这一章中我们将讲述关于真伪的故事，有些人表面善良，内心却是虚伪的，如令人"以羊替牛"的齐宣王，让人"献鸠放生"的赵简子。为什么说他们是虚伪的？还有哪些虚伪之事，虚伪之人？让我们一起从下面的故事中"去伪存真"吧。

以羊替牛

古时候，人们每到一定的日子，都要在祠庙里举行一种祭祀仪式，以表示对神灵的虔诚，求得神灵的庇佑，这种祭祀仪式叫"祭钟"。每逢祭钟时，不是要杀一头牛，就是要杀一只羊，然后将牛的头或者羊的头用大木盘子盛放在祭神的供桌上，人们就站在供桌前祈祷。

有一天，齐国都城里来了一个人，他牵着一头牛从皇宫大殿

「专家解疑」祭祀(sì)：旧俗备供品向神佛或祖先行礼，表示崇敬并求保佑。

1

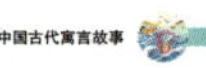

中国古代寓言故事

赵简子听了，深有感触。他对阳虎说："只有品德好的人，才会知恩图报；那些品质差的人，他们是不会这么做的。你当初在培养他们的时候，没有注意挑选品德好的加以培养，才落得今天这个结果。比方说，如果栽培的是桃李，那么，除了夏天你可以在它的树荫下乘凉休息外，秋天还可以收获那鲜美的果实；如果你种下的是蒺藜呢，不仅夏天乘不了凉，到秋天你也只能收到扎手的刺。在我看来，你所栽种的，都是些蒺藜呀！所以你应记住这个教训，在培养人才之前就要对他们进行选择，否则等到培养完了再去选择，就已经晚了。"

阳虎听了赵简子的一番话，点头称是。

「哲理名言」只有品德好的人，才会知恩图报。

「名师点拨」赵简子的这个比喻非常贴切，具有美好德行的人会对帮助过自己的人感恩戴德；而那些品德不好的人，不但不感恩，还恩将仇报，令人心寒。所以说，一个人德比才更重要。

智慧引路

无论一个人的才能有多高，一定要有好的品德才能称之为一个好人。所以我们在培养人才的时候，一定要有选择地培养。

毁瓜与护瓜

魏国的大夫宋就被派到一个小县去担任县令，这个县正好位于魏国与楚国的交界处，这地方盛产西瓜。虽然同处一地，可是两国村民种西瓜的方式和态度却大不一样。

「专家解疑」交界：两地相连，有共同的疆界。

41

名师点拨：优秀名师领航，荟萃知识要点，轻松掌握重点、难点。

轻松提升语文水平，素质阅读，拓展思维

★ 本书文学地位 ★

寓言的魅力体现于真理本身。

——德国寓言作家　莱辛

寓言是穿有外衣的真理。

——俄国寓言作家　陀罗雪维文

寓言是我们半公开的信仰。

——苏格兰诗人　托·坎贝尔

寓言是一把钥匙，这把钥匙可以打开心灵之门，启发智慧，让思想活跃。

——著名儿童文学家　严文井

作品速览

寓言是文学作品的一种体裁，"寓言"一词，最早见于《庄子》的寓言篇。"寓言"这个词由"寓"和"言"两个字组成，"寓"有寄托或托付的意思；而"言"则是语词或话语的意思。寓言往往以假托的故事或自然物的拟人手法揭示发人深省的道理。我国的历史文化源远流长，留下了许多脍炙人口的寓言故事。我国的寓言早期主要以民间口头创作为主，在我国春秋战国时期就已经非常流行。汉魏以后，一些名家在文学创作过程中，也常常通过创作寓言故事来讽刺现实。

在浩瀚的文学王国里，寓言有着举足轻重的地位，而中国古代的寓言故事对中国文学的影响也是极为深远的，其中很多都已经成为人们语言中经常运用并有固定意义的成语、谚语和格言了，如《望梅止渴》《乐不思蜀》等。

中国古代寓言故事按照思想内容主要可以分为三大类：

第一类是以生动活泼的比喻讲出深刻的哲理，不仅给人带来美的享受，还给人以智慧的启迪，如《染丝的联想》《大鹏和焦冥》等。

第二类是具有"劝善惩恶"性质的，其中有许多故事都给人以积极的启示，如《鬼怪为害》《毁瓜和护瓜》等。

第三类是“揭发伏藏，显其弊恶”，大都极具讽刺意味，如《以羊替牛》《楚王好细腰》等。

本书精选了百则中国古代寓言故事，在这三大类的基础上又细分为真伪篇、善恶篇、美丑篇、智愚篇、福祸篇和贪廉篇六个篇章，方便同学们理解。

本书讲述了我国古代流传已久的各种寓言故事，其中的故事浅显易懂，语言生动有趣，内容丰富多彩，反映了社会百态、人生百象，对真、善、美进行了热情的歌颂，对伪、恶、丑进行了无情的讽刺。细细品读中国古代寓言故事，不仅会得到无限的快乐和不尽的想象，而且在无形中还会使我们的心灵得到净化，养成良好的行为习惯。

创作特点

寓言是文学作品的一种体裁。寓言故事不同于小说，它的故事情节往往比较简单，只是梗概性的，常常带有讽刺或劝诫的性质；寓言中所塑造的人物形象一般是类型化的，不会进行生动细致的形象描写。寓言也有许多将自然物，如动物、植物等作为主人公，进行拟人化的描写，但是这种创作方式也有别于童话。童话是讲求故事的趣味性和形象性，而寓言则强调通过故事来阐述道理。

一则好的寓言故事的前提是有一个通俗简单但精彩可读的故事。寓言是在通俗易懂的故事之中寄寓人生哲理。因此，故事情节的好坏直接影响寓言故事的成功与否。如第一章中的《滥竽充数》就具有极强的可读性，无论你处于什么样的文化水平都能在简练明晰的故事中悟出深刻的道理。不仅如此，我国古代的寓言故事还衍生出许多现在常用的词语，如滥竽充数、唇亡齿寒、东施效颦等，由此可见寓言的故事魅力是多么重要。

其次，寓言还有一个必不可少的组成部分，那就是简单明白的道理。而这个道理在故事中的体现方式，就要由作者的主旨和故事情节的发展两方面来决定。如第五章中的《塞翁失马》就很有代表性，它的寓意并没有在文字中直接体现，但是通过阅读我们都可以体会到塞翁失马，焉知非福的道理。

寓言故事是一个出色的哲理老师，只要你好好地体会理解，你就会明白这其中蕴含的教育意义。

创作背景

先秦时期，我国的寓言早期主要以民间口头创作为主，春秋战国时期是寓言文学兴盛的黄金时期。这一时期，生产关系发生了巨大的改变，社会也随之发生急剧变革。针对社会的急剧变化，各种学术流派异彩纷呈，都纷纷著书立说阐明自己的思想和主张，出现了“百家争鸣”的盛况。这时的诸子百家中多数在阐明自己的观点、宣传自己的主张时，就会使用寓言这一形式，借助故事譬喻有效地说明问题，深入浅出地游说各诸侯君主，其中以《庄子》的《寓言篇》最具代表性。另外，《韩非子》《吕氏春秋》《孟子》《墨子》《晏子春秋》和《战国策》等也包含众多精彩的寓言。

秦汉时期，实现封建社会的大一统，确立中央集权制。在思想文化方面，秦始皇“焚书坑儒”，汉武帝“罢黜百家，独尊儒术”，实行极端的专制政策。此时，寓言文学的发展受到了一定的限制，但先秦寓言的优良传统却仍被继承下来。如西汉《淮南子》、西汉刘向的《新序》等均有精彩的寓言故事。

唐宋时期，由于生产、经济、文化的发展，人民生活水平的提高，阶级斗争和民族斗争的剧烈，寓言创作出现了第二个高潮时期。

主角秀场

● **齐宣王**

出现于《以羊替牛》中。妫姓，田氏，名辟疆，齐威王之子，战国时期齐国国君，公元前 319 ~ 前 301 年在位。在他执政期间，设立了稷下学宫，也是形成“百家争鸣”的重要因素之一，齐国得到快速发展。但是，他也不能说是一个明君，齐国的灭亡与他有着很大关系。他还是一个虚伪、心胸狭窄之人。

● **乐　羊**

出现于《乐羊食子》中。战国时期魏国将领。魏国安邑（今山西夏县）人，乐毅先祖，初为魏国相国翟璜的门客，中山国发兵进犯魏国，翟璜举荐乐羊，后因大败中山国而成名。

● **晏　婴**

字仲，谥平，习惯上多称平仲，又称晏子，夷维（今山东莱州）人。是齐国有名的贤相，春秋后期一位重要的政治家、思想家、外交家。他很有学问、足智多谋，善于讽喻又敢于直谏，经常跟齐王一起议论国家大事或谈论学问。

● **卞　和**

出现于《和氏之璧》中。春秋时楚国人。荆（今安徽蚌埠）人，一作和氏。和氏璧的发现者。两次献玉给楚王，均被认为是石头，以欺君之罪被砍去双脚。

● **李　离**

出现于《李离殉法》中。是春秋时期晋国掌管刑罚的最高长官。他执法如山、公正不阿。他严于责己、勇于负责，以自己的鲜血和生命捍卫法律的尊严，是我国历史上一位了不起的人物。

作品影响

寓言故事具有促进人类文化发展的启蒙作用和桥梁作用。

中国和希腊、印度是世界上寓言文学的三大发祥地，中国古代寓言故事历史悠久、源远流长，在世界文学史中占有重要的地位。

中国古代寓言是一座丰富的文学宝库，好多已成为人们语言中经常运用并有固定意义的成语，影响极为深远。

目录

Contents

第一章
真伪篇

中国古代寓言故事的对象涵盖范围非常广，上至帝王将相，下至平民百姓；内容也是丰富多彩，揭示了不同的寓意。在这一章中我们将讲述关于真伪的故事，有些人表面善良，内心却是虚伪的，如命人“以羊替牛”的齐宣王，让人“献鸠放生”的赵简子。为什么说他们是虚伪的？还有哪些荒唐之事、荒唐之人？让我们一起从下面的故事中“去伪存真”吧。

以羊替牛

古时候，人们每到一定的日子，都要在祠庙里举行一种祭祀仪式，以表示对神灵的虔诚，求得神灵的庇佑，这种祭祀仪式叫“祭钟”。每逢祭钟时，不是要杀一头牛，就是要杀一只羊，然后将牛的头或者羊的头用大木盘子盛放在祭神的供桌上，人们就站在供桌前祈祷。

「专家解疑」
祭祀（sì）：旧俗备供品向神佛或祖先行礼，表示崇敬并求保佑。

有一天，齐国都城里来了一个人，他牵着一头牛从皇宫大殿前走过。这时，恰好齐宣王在大殿门口看见了，命人叫住那牵牛的人，便问道："你打算把这头牛牵到哪里去呢？" 那人回答说："我要牵去宰了用来祭钟。"

「好词好句」
慈悲
严肃
*这头牛本来没有罪过呀，却要白白地去死，看着它那吓得颤颤抖抖、哆哆嗦嗦的样子，我真不忍心看了。

齐宣王听了后，看了看那头牛，然后说："这头牛本来没有罪过呀，却要白白地去死，看着它那吓得颤颤抖抖、哆哆嗦嗦的样子，我真不忍心看了。把它放了吧！"

那个牵牛的人说："大王您真慈悲，那就请您把'祭钟'这一仪式也废除了吧。"

"这怎么可以废除呢？"齐宣王严肃起来，接着说："这样子吧，就用一只羊代替这头牛吧！"

智慧引路

杀牛和杀羊都是屠杀生命。对牛的怜悯换上对羊的残忍仍不能算是仁慈。齐宣王的"以羊替牛"只不过是骗人的把戏，可见他的虚伪。

献鸠放生

「专家解疑」
殷（yīn）实：富裕。

古时有句俗话："行善积德。"这句话是劝人多做好事，多做善事。遇到灾荒年间，有些殷实人家为救那些饥寒交迫的灾民

免予饿死，捐米赈灾，皆为积德之举。太平年间，将鱼、龟放游到江河水池，将鸟放飞到大自然，叫“放生”，皆为积善之行。后来，有人在大年初一这天，把捉来的鸟雀放生，名之曰“爱生灵”。

春秋时期，晋国建都邯郸。晋国有一个势焰熏天的大臣赵简子，他就喜欢在过年时让老百姓替他捉斑鸠鸟送到他府中，让他放生。

大年初一这天，邯郸地方的老百姓纷纷拥进赵简子的府第，他们都是来向赵简子进献斑鸠，好让赵简子放生的。赵简子非常高兴，对他们一个个都发了很优厚的赏赐。这天，从早到晚进献斑鸠的人络绎不绝。

赵简子的门客在一旁站了很久，问他为什么要这样做，赵简子回答说：“大年初一放生，表示我对生灵的爱护，有仁慈之心嘛！”

「名师点拨」这个门客首先肯定了赵简子的仁慈之心，接着又跟他分析捉斑鸠放生的后果，通过循循善诱的劝导，让赵简子意识到了自己的错误，可见这个门客的智慧和用心。

门客接着说：“您对生灵有如此的仁慈之心，这是难得的。不知大人您想过没有，如果全国的老百姓知道大人您要拿斑鸠去放生，从而对斑鸠争先恐后地追捕，其结果被打死、打伤的斑鸠一定会很多很多啊！您如果真的要放生，想救斑鸠一命，不如下道命令，禁止捕捉。像现在，您奖励老百姓捕捉这么多的斑鸠送给您，您再放生，那么大人您对斑鸠的仁慈确实还不能抵偿您对它们人为造成的灾祸哩！”

赵简子听了门客的一席话，背着双手在府门里踱来踱去，仔细地思考了一阵子，默默地点了点头说：“对的。”

智慧引路

这篇寓言故事揭露了某些人只讲形式，不讲效果，沽名钓誉，假仁假义的伪善行为。

「人物介绍」庄周：字子休（亦说子沐），宋国蒙（今河南商丘，一说安徽蒙城）人。他是道家学派的主要代表人物之一，与老子并称“老庄”。

涸泽之鱼

战国时期有一个名叫庄周的人，他是一个很有名的思想家、政治家，人们都称呼他为庄子。

庄子家境贫寒，几乎是吃了上顿没下顿。这天，家里又揭不开锅了，老婆在床边唉声叹气，孩子饿得哇哇大哭。于是他只好外出去借粮食，希望能够缓解一下目前的困境。

他漫无目的地在街上走着，不知不觉地来到了监河侯府。由于工作的原因，庄子以前和监河侯有过交往，算起来还是老朋友，于是就登门拜访。只见府内粮食满仓，牛羊满圈，庄子满心以为他借点粮食的请求老朋友会毫不犹豫地答应。监河侯知道他的来意以后就对他说："好的，等我收到老百姓的租税，就借给你三百两银子，行吗？"

庄子听了知道这是推辞，不想借给他粮食，就气愤地说："我昨天到这儿来，在路上听到叫喊的声音，四处张望，发现在干涸的车辙里躺着一条鲫鱼。我就问它：'鲫鱼，你为什么到这儿来？'鲫鱼答道：'我从东海来，快干死了，请你给我一升或一斗的水救救命吧！'我说：'好的，我现在去游说吴、越两国国君，引西江的水来迎接你，行吗？'鲫鱼非常气愤地说：'我因为离开了水里正常的生活，才孤零零地躺在这里，只要你给我一升或半斗的水就可以活命了。你说引西江的水来迎接我，谢谢你的好意，但是你如果那样做的话，还不如早些到卖干鱼的摊子上去找我吧！'"

「专家解疑」

揭不开锅：形容穷得连饭都吃不上。

干涸(hé)：(河道、池塘等)没有水。

游说(shuì)：原指古代叫作"说客"的政客，奔走各国，凭着口才劝说君主采纳他的主张。后泛指劝说别人接受某种意见或主张。

「名师点拨」

监河侯的府内明明非常富足，却说要收到百姓的租税后再借给庄子钱。看似慷慨大方，其实只不过是好听的推辞，可见这个监河侯是一个很虚伪的人。

智慧引路

远水解不了近渴，口惠而实不至的许诺还是等于没有。

假博学出洋相

从前魏地有个人，素以博学多识而著称。很多奇物古玩，据说只要他看一眼就能知道是什么朝代的什么器具，并且解说得头头是道，大家都很佩服他，他自己也常常引以为豪。

「专家解疑」头头是道：形容说话或做事很有条理。

一天，他去河边散步，不小心踢到一件硬东西，把脚也碰痛了。他恨恨地一边揉脚一边四下张望——原来是一件铜器。他顿时忘了脚疼，拾起来细细地查看。这件铜器的形状像一个酒杯，两边还各有一个孔，上面刻的花纹光彩夺目，俨然是一件珍稀的古董。

魏人得了这样的宝贝非常高兴，决定大宴宾客庆贺一番。他摆下酒席，请来了众多亲朋好友，对大家说："我最近得到一个夏商时期的器物，现在拿出来让大伙儿赏玩赏玩。"

于是他小心地将那铜器取出，斟满了酒，敬献给各位宾客。大家看了又看，摸了又摸，都装出懂行的样子交口称赞不已，恭喜主人得了一件宝物。

「名师点拨」这个魏人不但是假博学，而且还相当爱慕虚荣，大宴宾客来炫耀。而宾客们也是不懂装懂，假内行。同学们，我们一定要引以为戒，不能像他们一样。

可是宾主欢饮还不到一轮，意想不到的事情发生了。有个从仇山来的人一见到魏人用来盛酒的铜器，就惊愕地问：“你从什么地方得到的这东西？这是一个铜护裆，是角抵的人用来保护生殖器的。”这一来，举座哗然，魏人羞愧万分，立刻把铜器扔了，不敢再看一眼。

无独有偶，楚邱地方有个文人，其博学多识的名声并不亚于魏人。

「专家解疑」无独有偶：虽然罕见，但是不只一个，还有一个可以成对儿（多用于贬义）。

一天，他得了一个形状像马的古物，造形十分精致，颈毛与尾巴俱全，只是背部有个洞。楚邱文人怎么也想不出它究竟是干什么用的，就到处打听，可是问遍了街坊远近许多人，都没一个人认识这是什么东西。

有一个自称见多识广、学识渊博的人听到消息后找上门来，研究了一番这古物，然后慢条斯理地说：“古代有犀牛形状的酒杯，也有大象形状的酒杯，这个东西大概是马形状的酒杯吧？”楚邱文人一听大喜，把它装进匣子收藏起来，每当设宴款待贵客时，就拿出来盛酒。

「名师点拨」这个自称“见多识广”的人，明明没有见过，也没有根据就胡乱猜测，乱说一气。可见也不是一个真正博学多才的人。

有一次，仇山人偶然经过这个楚邱文人家，看到他用这个东西盛酒，便惊愕地说：“你从什么地方得到的这个东西？这是尿壶呀，也就是那些贵妇人所说的‘兽子’，怎么可以用来做酒杯呢？”楚邱文人听了这话，脸噌地一下红到了耳朵根，羞惭得恨不得立刻在地上挖个洞钻进去，赶紧把那古物扔得远远的，像魏人一样不敢再看。世上的人为此全都嘲笑他。

智慧引路

明明不学无术，却偏要装作博学多识的人，最终只能自欺欺人，出尽洋相。

杨布打狗

战国时，有个人叫杨布，在他们州里也算是小有名气。

有一天早晨，杨布穿着一件白布褂子上街买东西。天忽然下起了阵雨，杨布就脱下外衣，穿着里面的黑布衣回来了。

走到家门口，他养的一只大狗仿佛看见陌生人似的，对他龇牙咧嘴，汪汪狂吠。杨布见了无名火起，拾起一根烧柴的棍子，追上去就要揍它。

「专家解疑」龇（zī）牙咧嘴：①形容凶狠的样子。②形容疼痛难忍的样子。

他的哥哥杨朱从里屋跑出来一看，说道："不要打它，你怎么能怪狗呢？如果让你的狗出去时一身白毛，回来时变成了一身黑毛，你能够不奇怪吗？"

智慧引路

如果被假象迷惑，就会做出错误的判断，人们要学会识别假象，不要上当受骗。

夫妻妒影

有一对夫妇，他们的心胸很狭窄，总爱为一点儿小事争吵不休。有一天，妻子做了几样好菜，想到如果再来点酒助兴就更好了。于是她就拿瓢到酒缸里去取酒。

妻子探头朝缸里一看，瞧见了酒中倒映着的自己的影子。她也没细看，一见缸中有个女人，以为是丈夫对自己不忠，偷着把女人带回家来藏在缸里，嫉妒和愤怒一下子冲昏了她的头脑，她连想都没想就大声喊起来："喂，你这个浑蛋死鬼，竟然敢瞒着我偷偷把别的女人藏在缸里面。你快过来看看，看你还有什么话说。"

「名师点拨」这个妻子看到自己的影子就立刻想到是丈夫对自己不忠，可见她是个心胸狭窄、嫉妒心强的人，所以才会这么不假思考就妄下定论。

丈夫听了糊里糊涂的，不知道发生了什么事情，赶紧跑过来往缸里瞧，看见是自己的影子。他一见是个男人，也不由分说地骂起来："你这个坏婆娘，明明是你领了别的男人回家，暗地里把他藏在酒缸里面，反而诬陷我，你到底安的是什么心啊！"

"好哇，你还有理了！"妻子又探头往缸里看，见还是先前的那个女人，以为是丈夫故意戏弄她，不由得勃然大怒，指着丈夫说："你以为我是什么人，是任凭你哄骗的吗？你，你太对不起我了……"妻子越骂越气，举起手中的水瓢就向丈夫扔过去。

丈夫侧身一闪躲开了，见妻子不仅无理取闹还打自己，也不甘示弱，于是还了妻子一个耳光。这下可不得了，两人打成一团，

「专家解疑」无理取闹：毫无理由地跟人吵闹；故意捣乱。

又扯又咬，简直闹得不可开交。

最后闹到了官府，官老爷听完夫妻二人的话，心里顿时明白了大半，就吩咐手下把缸打破。一个侍卫抡起大锤，一锤下去，酒从被砸破的大洞汩汩流了出来。不一会儿，酒流光了，缸里也就没有人影了。

夫妻两人这才明白他们嫉妒的只不过是自己的影子而已，心中很是惭愧，于是就互相道歉，又和好如初了。

「专家解疑」

不可开交：无法摆脱或结束（只做“得”后面的补语）。

汩(gǔ)汩：形容水流动的声音。

犁铧（huá）：安装在犁的下端，用来翻土的铁器，略呈三角形。

智慧引路

这对夫妻见到自己的影子时，毫不思考和分析就被嫉妒冲昏了头脑，伤了和气。我们遇到怀疑的事，不要过早下结论，要客观、理智地去分析，才能够了解真相。

邻人献玉

魏国的一个农夫在犁田时，突然听到一声震响。他喝住耕牛，刨开土层一看，原来是犁铧撞上了一块直径一尺、光泽碧透的异石。农夫不知是玉，所以跑到附近田里请邻人过来观看。那邻人一看是块罕见的玉石，于是起了歹心。他编了一套谎话对农夫说：“这是个不祥之物，留着它迟早会生祸患，你不如把它扔掉。”

「名师点拨」

邻里之间本应真诚相待，和睦相处的，但是这个邻人却见利忘义，非常可恶。

农夫一时还拿不定主意。他心想："这么漂亮的一块石头，假如不是怪石，扔掉了多么可惜。"农夫犹豫了一会儿，最后还是决定把它拿回家去先摆在屋外的走廊上观察一下，看看到底是怎么一回事。

那天夜里，宝玉忽然光芒四射，把整个屋子照得像白昼一样。农夫全家人被这种神奇的景象惊呆了。农夫又跑去找那邻人。邻人趁机吓唬他说："这就是石头里的妖魔在作怪。你只有马上把这块怪石扔掉才能消灾除祸！"听了这话以后，农夫急忙把玉石扔到了野地里。时隔不久，那邻人跑到野外把玉石搬回了自己的家。

「名师点拨」狡诈的邻人利用农夫的无知与迷信来欺骗他，而这个农夫也因此丢掉了这块绝世美玉，邻人的狡猾奸诈固然可恶，但是农夫的无知与迷信也让人感到可悲。

第二天，那邻人拿这块玉石去献给魏王。魏王把玉工召来品评其价值。那玉工一见这块玉石，不觉大吃一惊。他急忙朝魏王跪下，连连叩头，然后起身对魏王说："恭喜圣上洪福，您得到了一块稀世珍宝。我虽然当了这么多年的玉工，还从来没有见过这样大、这样好的玉石。"魏王问："这块玉石值多少钱？"玉工说："这是一件无价之宝，难以用金钱计算它的价值。世上的繁华都市里有各种各样的玉石，但没有哪一块能与它媲美。"

魏王听了这话以后大喜，当即赏给献玉者一千斤黄金，同时还赐予他终生享用大夫俸禄的待遇。

「专家解疑」俸(fèng)禄(lù)：封建时代官吏的薪水。

智慧引路

狡诈的人因骗取得到的玉石而受赏食禄，善良的穷苦人却还蒙在鼓里一点儿也不知道。

楚人渡河

楚国人准备偷袭宋国，进军的线路是打算渡过澭河抄近道走，以便趁宋国人在没有防备的情况下一举获胜。

楚国经过周密谋划，先派人到澭河边测量好水的深浅，并在水浅的地方设置了标记，以便偷袭宋国的大部队能沿着标记顺利渡河。

不料，澭河水突然大涨，而楚国人并不知道这个情况。部队在经过澭河的时候依然照着原来做的标记渡河。加上又是夜间，结果士兵、马匹大批地陷进深水、漩涡，使楚军措手不及。他们被湍急的澭河水搅得人仰马翻、惊骇不已。漆黑中，澭水里人喊马嘶、一片混乱，简直像数不清的房屋在倒塌一般。就这样，楚国军队被淹死一千多人，侥幸没死的也无法前进，只好无功而返。

「好词好句」

一举获胜

周密

*他们被湍急的澭河水搅得人仰马翻、惊骇不已。

*漆黑中，澭水里人喊马嘶、一片混乱，简直像数不清的房屋在倒塌一般。

「专家解疑」

措（cuò）手不及：临时来不及应付。

智慧引路

情况是在不断变化的，人的认识也应该随着客观情况的发展变化而变化。人们必须随时根据新情况采取相应的措施，否则就会吃亏、跌跤。

高山流水

「专家解疑」造诣（yì）：学问、艺术等所达到的程度。

春秋时期，楚国有一个著名的音乐家叫俞伯牙，他弹琴的造诣很深。他每次弹的琴不仅能引来很多的小动物，还能让听到琴声的人忘掉忧愁，他在楚国非常有名，全国的人都很尊敬他，经常有一些百姓给他送些东西来换取他的一首曲子。

楚国还有一个人，名叫钟子期，他是一个樵夫，虽然不会乐器，但是他很会欣赏音乐，而且能够体会到别人体会不到的东西，尤其是听琴，他不仅能听出其曲的来历，还能够听出抚琴人的心情。

「名师点拨」一般的人能够听出琴曲的来历就已经很了不起了，而钟子期却还能够听出抚琴人的心情，由此可见，他十分懂音乐，而且在欣赏音乐的时候也是用心去体会的。

有一天，俞伯牙一边观赏月光，一边取出瑶琴，轻轻弹奏。他忽然听到有人偷偷赞赏他的琴声，一看，原来是年轻的樵夫钟子期。

于是，二人一起探讨琴艺。俞伯牙发现钟子期虽然是一个樵夫，但是他的音乐修养很深，不在自己之下，俞伯牙对他越加敬重。

俞伯牙说：“现在，我来弹琴，你试着听听我的心里在想

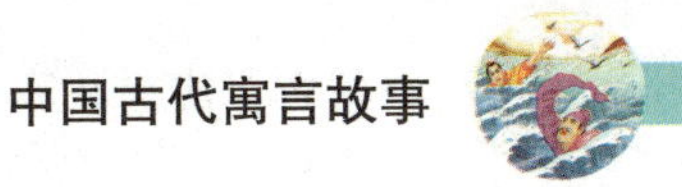

什么。”

钟子期说：“遵命，请您弹奏吧！”

俞伯牙心里想到高山，在弹奏时琴音中表现出高山的意境。

钟子期说：“妙啊！巍峨高大，意在高山。”

俞伯牙想到江水，在弹奏时琴音中表现出流水的意境。

钟子期说：“妙啊！浩浩荡荡，意在江河流水。”

俞伯牙心中有什么想法，钟子期都能从琴音中辨识出来。于是俞伯牙把钟子期作为自己的知音。

「专家解疑」

巍峨：形容山或建筑物高大雄伟。

有一次，俞伯牙邀钟子期到泰山北面游玩，游玩的途中突然遇到暴雨，他们就到岩石下面去休息，俞伯牙拿过瑶琴来弹奏。起初弹的是霖雨曲，然后又模拟崩的声音。每奏一曲，钟子期都能彻底领悟他心中的感受。

「哲理名言」
千金易寻，知音难求。

后来，钟子期死了，俞伯牙感慨地说：“千金易寻，知音难求。”他知道再也没有人能听懂他的琴声了，便悲痛地扯断琴弦，摔碎了瑶琴，再也不弹琴了。

智慧引路

人生在世，知音难得。我们一定要珍惜身边的每一位朋友，说不定从中能够得到自己的知音。

一枕美梦

「名师点拨」
杨林想发财却不想着如何将生意做好，而是幻想“时来运转”，“突然”发财。要知道天上没有掉馅饼的事，机会总是留给有所准备的人，这样异想天开只会一事无成。

很久很久以前，有一座焦湖庙，庙里有一个玉枕头，枕头上有一个小孔。据说，枕着这个枕头睡觉，可以在梦里经历许多美好的事情。

那个时候，单父县有个名叫杨林的人，以经商为生，生意不怎么好，他一天到晚都是愁眉苦脸的，希望能时来运转，突然在哪天就能发大财，当大富翁。

这天，杨林带着货物来贩卖，走得满头大汗，肩上挑的担子好像有千斤重，压得他苦不堪言。杨林正想找个地方休息一下，刚好经过焦湖庙，就打算进去歇歇脚。

杨林跪在菩萨跟前祈祷，口里念念有词："老天爷保佑我时来运转，发家致富，一辈子过幸福快乐的日子！"

「名师点拨」杨林想摆脱现在穷苦的生活，发家致富，却不想通过自身的努力来实现，而是将希望寄托在"老天爷"身上，真是十分荒唐、可笑。

庙里的巫人见了杨林的情况，就对他说："我让你体会一下你想要的生活，你愿意吗？"杨林高兴极了，忙不迭地说："真的？好哇好哇，我太愿意了！"

于是巫人就取出那个神奇的玉枕给杨林，说道："你先去睡一会儿吧。"

杨林枕着玉枕躺下，不一会儿就进入了梦乡。他梦见自己来到了一个大户人家，那里亭台楼阁、湖水假山、鸟语花香，屋里更是雍容豪华，一派富贵气象。官高位显的赵太尉热情地将他迎到客厅里，和他谈笑风生，接着，赵太尉又相中了他做女婿，把女儿许配给他。于是，他也做了大官，家财万贯。妻子如花似玉，温柔贤惠，给他生下了六个儿子，这六个儿子个个都很有本事。

「专家解疑」谈笑风生：形容谈话谈得高兴而有风趣。

杨林无忧无虑地生活着，有享受不尽的荣华富贵，身边又有妻儿相伴，过得快乐极了。一转眼几十年过去了，他还是一点儿都不想回家。

「名师点拨」杨林一觉醒来，"身边没有卖完的货物"将他从梦中拉回到现实中，梦中的美好与现实的残酷形成了鲜明的对比。

忽然，杨林一觉醒来，发现自己还在庙里，枕在玉枕上。梦中那美好的一切都无影无踪，只有身边没卖完的货物还在原地，

「专家解疑」
惆怅：伤感；失意。

心中不禁十分惆怅。

智慧引路

幸福的生活，不是可以靠虚幻的美梦得来的。任何时候都不要指望坐享其成，自己踏踏实实地辛勤劳动，才能把愿望变成现实。

吹牛无边

有三位老人都擅长吹牛，平时与人谈话，一般没人吹得过他们。可是这一天，这三位会吹的老人却碰到了一起。

「人物介绍」
盘古：神话中的开天辟地的人物。

「名师点拨」
大海变成桑田，桑田变成大海，这样的变化需要经过亿万年才可以，这位老人却说自己已经见过无数次了，通过这样来说明自己的年纪之大，这样不切实际地吹牛令人发笑。

正巧，有一个过路人走来了，看到三位年纪大的人在一起，便上前询问他们的年龄。过路人很有礼貌地问："请问各位老丈今年高寿？"

其中一位老人摸了摸满头白发，说："你问我的年纪，我已记不清了，只记得我小时候，曾经跟盘古在一起玩耍，我们的交情不浅，他还叫我哥哥哩。"

过路人听了吓了一跳，心想，还真没见过这般老寿星呢。

另一位老人说："问我的年纪有多大吗？这么跟你说吧，大海的水每次变成桑田的时候，我就记下一个筹码，不知有多少次了，反正这样的筹码我已经放满了十间屋子！"

过路人一听大为惊骇，今天可看见老神仙了，真是大开眼界。

第三位老人说："你们听说过王母娘娘的仙桃吗？那可是一万年才熟一次的呀！可我吃的仙桃已经无数，我每吃一个仙桃，就把它的核丢到昆仑山下，而今那些丢掉的仙桃核，已经堆积得和昆仑山一样高了！"

「人物介绍」王母娘娘：西王母的通称，神话中的女神，住在昆仑山的瑶池，她园子里种有蟠桃，人吃了能长生不老。道教奉为女仙中最高尊神。

过路人这一次反而非常平静，一点儿也不吃惊，他说："原来是三个老牛皮精。"

智慧引路

没有边际地吹牛皮是没有一点儿用处的，只会让自己的可信度更加地大打折扣而已。

黎丘老丈

魏国都城大梁以北的黎丘乡，经常有爱装扮成乡人子侄、兄弟的鬼怪出没。有一天，家住黎丘农村的一位老人在集市上喝了酒，醉醺醺地往家走，在半路上碰到了装作自己儿子模样的黎丘鬼怪。那鬼怪一边假惺惺地搀扶老人，一边左推右晃，让老人一路上受够了罪。

「专家解疑」醉醺醺：状态词。形容人喝醉了酒的样子。

假惺惺：状态词。虚情假意的样子。

老人回到家里以后，不脱鞋，和着衣，倒在床上就睡着了。

第二天，老人酒醒之后，想起自己醉酒回家时在路上吃的苦头，把儿子狠狠地训斥了一顿。他气愤地对儿子说："我是你的父亲，你有孝敬我的义务。可是昨天你在路上让我吃尽了苦头。我问你，这究竟是因为我平日对你不够慈爱，还是因为你生了别的什么坏心？"

老人的儿子一听这话，像是在晴天里听见一声霹雳。这到底是哪来的事呢？老人的儿子感到十分委屈。他伤心地落着泪、磕着头，对父亲叹息地说："这真是作孽啊！我哪能对您做这种不仁不义之事呢？昨天您出门不久，我就到东乡找人去了。您从集市走回家的那一阵子，我还在东乡办事。您如果不相信，可以到东乡去问一问。"

老人知道自己的儿子素来诚实、孝顺，因此相信了他的话。可是那个长得很像自己儿子的人到底是谁呢？老人想着想着，一转念记起了黎丘鬼怪。他恍然大悟地说："对了，一定是人们常说的那个鬼怪作的孽！"说到这里，老人忽然心生一计。他打算次日先到集市上喝个烂醉，然后趁着酒兴在回家的路上刺杀那个黎丘鬼怪。

次日早晨，老人在集市上又喝醉了酒。他一个人跌跌撞撞地往回走。他的儿子因为担心父亲在外醉酒回不了家，正好在这个时候从家里出来，沿着通往集市的那条路去接父亲。老人远远望见儿子向自己走来，以为又是上次碰到的那个鬼怪。等他的儿子

「专家解疑」
义务：①公民或法人按法律规定应尽的责任，例如，服兵役(跟"权利"相对)。②道德上应尽的责任。③属性词。不要报酬的。

「名师点拨」
老人的儿子听到父亲对自己的指责"像是在晴天里听见一声霹雳"，非常震惊，也非常伤心，通过对儿子的这一反应描写，可以看出他平时对父亲非常孝顺，不会做出这么大逆不道的事。

「名师点拨」这位老人仅仅因为昨天鬼怪化作自己儿子的样子作怪，就想当然地认为向他走来的又是鬼怪所化，未免也太武断了。

走近的时候，老人拔剑刺了过去。

这位老人由于被貌似自己儿子的鬼怪所迷惑，最终竟误杀了自己的亲生儿子。

智慧引路

虽然黎丘老丈被黎丘鬼怪作弄了一次，但也正是因为他想要报复的心理，导致了最后的悲剧。正所谓害人之心不可有，防人之心不可无。

滥竽充数

「专家解疑」

竽：古乐器，形状像现在的笙。

排场：①表现在外面的铺张奢侈的形式或场面。②铺张而奢侈。③体面；光彩。

癖好：对某种事物的特别爱好。

有机可乘：有空子可以利用。也说有隙可乘。

古时候，齐国的国君齐宣王爱好音乐，尤其喜欢听吹竽，手下有300个善于吹竽的乐师。齐宣王喜欢热闹，爱摆排场，总想在人前显示做国君的威严，所以每次听吹竽的时候，总是叫这300个人在一起合奏给他听。

有个南郭先生听说了齐宣王的这个癖好，觉得有机可乘，是个赚钱的好机会，就跑到齐宣王那里去吹嘘自己，说："大王啊，我是个有名的乐师，听过我吹竽的人没有不被感动的，就是鸟兽听了也会翩翩起舞，花草听了也会和着节拍颤动，我愿把我的绝技献给大王。"齐宣王听得高兴，不加考察，很痛快地收下了他，

把他也编进那支 300 人的吹竽队中。

这以后，南郭先生就随那三百人一块儿合奏给齐宣王听，和大家一样拿优厚的薪水和丰厚的赏赐，心里得意极了。

其实南郭先生撒了个弥天大谎，他压根儿就不会吹竽。每逢演奏的时候，南郭先生就捧着竽混在队伍中，人家摇晃身体他也摇晃身体，人家摆头他也摆头，脸上装出一副动情忘我的样子，看上去和别人一样吹奏得挺投入，还真瞧不出什么破绽来。南郭先生就这样靠着蒙骗混过了一天又一天，不劳而获地白拿薪水。

可是好景不长，过了几年，爱听竽合奏的齐宣王死了，他的儿子齐湣王继承了王位。齐湣王也爱听吹竽，可是他和齐宣王不一样，认为三百人一块儿吹实在太吵，不如独奏来得悠扬逍遥。于是齐湣王发布了一道命令，要这三百人好好练习，做好准备，然后轮流地吹竽给他欣赏。乐师们知道命令后都积极练习，想一展身手，只有那个滥竽充数的南郭先生急得像热锅上的蚂蚁，惶惶不可终日。他想来想去，觉得这次再也混不过去了，只好连夜收拾行李逃走了。

「名师点拨」

有些人喜欢耍小聪明、钻空子，但是如果领导在选拔人才的时候可以认真考察，这种事情基本上就可以避免了。

「专家解疑」

破绽：衣服的裂口，比喻说话做事时露出的漏洞。

不劳而获：自己不劳动而取得别人劳动的成果。

智慧引路

不学无术靠蒙骗混饭吃的人，骗得了一时，骗不了一世。假的就是假的，最终一定会因逃不过实践的检验而被揭穿伪装。我们想要成功，唯一的办法就是勤奋学习，只有练就一身过硬的真本领，才能经受得住一切考验。

名家品评

这一章讲述的都是关于真伪的故事，在各个故事中我们也认识到了很多真真假假的人物。从他们身上我们要意识到虚伪、表里不一的人只能令人憎恶，甚至还会害人害己；而那些具有真性情、表里如一的人则会得到人们的尊重，给自己和他人都带来欢乐。因此，我们在生活中也要做一个真实、不做作之人。

阅读思考

1. 齐宣王为什么要让人“以羊替牛”？他的做法说明了什么？
2. 俞伯牙为什么要摔断琴？
3. 《邻人献玉》中的邻人是怎么欺骗农夫的？
4. 《楚人渡河》的故事说明了什么道理？

第二章 善恶篇

上一章的寓言故事都是关于真伪的，而这一章中我们将讲述关于善恶的故事，善良的人有责任、有志气，具有宽容之心，而恶毒的人作恶多端，最终必将自作自受。同学们，你们知道来俊臣是怎样来惩治企图谋反的周兴吗？林回为什么要弃璧？为什么说德比才重要？让我们一起去下面的故事中“惩恶扬善”吧！

韩娥善歌

从前，韩国有位歌唱家名叫韩娥，她要到位于东方的齐国去，不想，在半路上就断了钱粮，从而使基本生活都有了困难。为了渡过这一难关，她在经过齐国都城西边的雍门时，便用卖唱来换取食物。韩娥唱起歌来，情感是相当投入的，以至于在她离开了这个地方以后，她那美妙绝伦的余音还仿佛在城门的梁柱之间萦绕，竟三日不绝于耳。凡是聆听过韩娥唱歌的人，都还沉浸在她

「名师点拨」
作者通过夸张的写作手法来描述韩娥歌声的优美动听，“绕梁三日”“不绝于耳”“沉浸”等词都表现出了人们对她歌声的喜爱。

所营造的艺术氛围之中，好像她并没有离开一样。

有一天，韩娥来到一家旅店投宿时，店小二狗眼看人低，见她穷困潦倒，便当众羞辱她。韩娥为此伤心至极，禁不住店小二的羞辱，拖着长音痛哭不已。她那哭声弥漫开去，竟使得方圆一里之内的人们，无论男女老幼都为之动容，大家泪眼相向，愁眉不展，人人都难过得三天吃不下饭。

后来，韩娥难以安身，便离开了这家旅店。人们发现之后，急急忙忙分头去追她，将她请回来，再为劳苦大众纵情高歌一曲。韩娥的热情演唱，又引得一里之内的老人和小孩个个欢呼雀跃、鼓掌助兴，大家忘情地沉浸在欢乐之中，将以往的许多人生悲苦都一扫而光。为了感谢韩娥给他们带来的欢乐，大家送给韩娥许多财物和礼品，使她满载而归。

「名师点拨」
造诣高的歌者能够通过歌声表达自己的情绪，也能将这种情绪传染给听众，像这样的大艺术家更应该给人们传播快乐，传播真善美。

智慧引路

真正的艺术家，应当扎根于人民大众之中，与大众共悲欢，成为他们忠实的代言人。

自作自受

唐高宗死后，皇后武则天独揽大权，直至登基做了女皇帝。武则天女皇用严刑酷罚，对那些为非作歹的贪官污吏进行制裁。当时，有人密告文昌右丞相周兴企图谋反。于是，武则天派酷吏来俊臣去审理此案。

来俊臣派人请来周兴，不动声色地先假意与周兴聊天，并请他一起喝酒。酒宴上，来俊臣问周兴说："现在有些囚犯不服罪，

「专家解疑」
为非作歹：做各种坏事。
不动声色：内心活动不从语气和神态上表现出来，形容态度镇静。也说不露声色。

你说用什么方法让他们认罪，用什么方法制裁他们才好呢？”

「专家解疑」
五花八门：形容花样繁多或变幻多端。
魂不附体：灵魂离开了身体，形容恐惧万分。

这周兴也算是一个酷吏了，他整人的法子五花八门。这次来俊臣把他请来，他还蒙在鼓里，一点儿也不了解真相，因此他扬扬得意地呷着美酒，同时自作聪明地向来俊臣介绍了一种自己常使用的整人办法。他说：“这简单得很，我有一个好办法，保证让囚犯一个个服服帖帖。”

来俊臣不动声色地说：“什么办法，请仔细介绍，我也照此办理。”

「名师点拨」
周兴说的这个整人的法子实在是太残忍了，这样一个没有仁爱之心的人位居高官，肯定令百姓苦不堪言，他受到严厉的制裁也是咎由自取。

周兴说：“拿一个大坛子来，周围堆上火炭烧烤，待烤得滚烫时，令犯人进到大坛子里去，看谁还敢不招供他的罪行？”

来俊臣听罢，立即派人搬来一个大坛子，按周兴所说的办法在坛子周围点上炭火。不一会儿，坛子烧得滚烫。来俊臣站起身来对周兴说道：“现在皇宫内部传出命令，要我来审问老兄你的罪行，我想还是先请老兄进入这个大瓮里去再说吧，也好亲自体会体会你自己的杰作呀。”

来俊臣的话音刚落，周兴早已吓得魂不附体，连忙跪下，使劲地叩头谢罪。

智慧引路

作为官员不以为民请命为己任，反而热衷于整人的酷刑，最终只会自尝恶果。

乐羊食子

乐羊是战国时期魏国的一员名将，魏文侯三十八年，文侯命他统率大军，攻打中山国，乐羊统率十几万大军，浩浩荡荡越过赵国，进攻中山，把中山国都城围得像铁桶一样。

「人物介绍」
魏文侯：姬姓，魏氏，名斯，一名都，战国时期魏国开国君主，公元前445~前396年在位。

中山国眼看抵挡不住，就在城里捉来了乐羊的儿子，五花大绑吊在城门口上，要乐羊退兵方才放人。一声声凄厉的哭喊声传来，将士们都看着乐羊，只见乐羊面不改色，仍旧挥师猛攻。

中山王又急又恨，将乐羊的儿子剁成肉泥，煮了一锅肉羹，派人给乐羊送去，想动摇他的决心。谁知乐羊不但不悲伤，反而神色坦然地喝了一杯肉羹。中山人见乐羊攻城之意这般坚决，军心更加散乱。

「名师点拨」
乐羊身为大军的统帅，就要起到表率作用，不能因为自己的一己之私而损害国家的利益，所以他才会为了国家的利益而选择牺牲自己的儿子，这样的大义凛然令人佩服。

最后，乐羊终于攻克中山，为魏文侯在古长城一带开辟了广阔的疆域。

魏文侯虽然重赏了乐羊，但从此就开始怀疑乐羊，认为他本性残忍不可信任。

智慧引路

虽然乐羊的出发点是好的，但是却遇到了魏文侯这样多疑的人，这真的是他的一大不幸。所以，在生活中，善良的同时也要预防恶人对自己的危害。

鬼怪为害

有一个鬼降临到楚地，它欺骗、吓唬当地百姓说："天神派我来统治你们这块土地，我可以降祸，也可以赐福，就看你们的态度和表现了！"

「名师点拨」鬼并没有所谓"降祸"和"赐福"的本领，但是百姓却轻易地相信了鬼的欺骗之词，鬼的行为固然可恶，但是百姓的愚昧无知也发人深省。

当地百姓十分害怕，他们诚惶诚恐地顺从鬼的要求，唯恐怠慢了鬼。人们把鬼迎进庙里供奉起来，每天为鬼杀猪宰羊，跪在地上顶礼膜拜，进献钱财。鬼十分得意，百姓们却越来越贫苦。

街市上一帮流氓无赖平素惯于横行霸道，他们见到鬼的势头大，便都纷纷前往依附于鬼。他们在鬼的面前又是磕头又是作揖，一副奴颜媚骨，时间一长，他们身上也都鬼气缠身，说话、办事、言行举止都与那鬼一模一样。这些坏蛋依仗鬼势，对百姓肆意欺凌，专横跋扈，害得老百姓日夜不得安宁，蒙受着鬼和依仗鬼势的这帮流氓所带来的深重灾害。

「专家解疑」顶礼膜拜：形容对人特别崇敬（多用于贬义）。

跋扈（hù）：专横暴戾，欺上压下。

鬼和坏蛋在楚地为害人的事情终于被天神知道了。于是，天神亲自来到楚地，他指着鬼愤怒又蔑视地斥责道："你这恶鬼，原来只不过是个小小妖怪，却要人们把你供在庙里，享受着人们的祭祀，不但自己作威作福，还助长当地一群流氓的歪风邪气，今天看我来怎么收拾你！"

天神说罢，发出了千钧霹雳，摧毁了被鬼盘踞的庙宇。而那帮地痞流氓也一同被霹雳震死了，因为他们身上都有鬼气。

从此，楚地的鬼害得以平息，人们也因此得以安宁。

「专家解疑」
盘踞：非法占据；霸占（地方）。

智慧引路

恶鬼害人，恶势力也假借鬼势欺压百姓，可是，这些“害人虫”终究不可能永远地横行霸道下去，总有一天会被正义消灭干净的。

为虎作伥

传说被老虎吃掉的人，死后变作“伥”，伥会死心塌地地为老虎奔走效劳。

有个叫马拯的读书人，爱好游山玩水。这一天，他来到五岳之一的南岳衡山。衡山风景秀丽，马拯忘情山水，在松林间转悠，不知不觉到了黄昏，看来这个晚上他是走不出去了。

马拯正着急，忽然看到前面大树上搭着一个窝棚，上面一个猎人正朝他示意。马拯一低头，看见前面不远处猎人设的一个陷阱，马拯吓了一跳，说：“好险！”

猎人从树上跳下来，问道：“你是什么人？怎么天黑了还在林子里转悠？”

「好词好句」
死心塌地
奔走效劳
*衡山风景秀丽，马拯忘情山水，在松林间转悠，不知不觉到了黄昏，看来这个晚上他是走不出去了。
*马拯正着急，忽然看到前面大树上搭着一个窝棚，上面一个猎人正朝他示意。

「名师点拨」通过马拯与猎人的对话我们可以看出，猎人是一个非常善良、乐于助人的人。他的这种精神值得我们去学习。

马拯把自己贪恋山水而忘了时间的事说给猎人听了。猎人说：“这里老虎很多，十分危险，你一个人不要再走了，就在我这里过一夜吧。”猎人边说边走到陷阱边，架好捕虎用的机关，然后带马拯爬上大树的窝棚。马拯一个劲儿地道谢。

半夜里，马拯从睡梦中醒来，忽听到树下叽叽喳喳有许多人在讲话，声音越来越近。马拯警觉起来，借着月光，看见前面走来了一大群人，有男有女，有老有少，总共有几十人。这些人走到马拯和猎人栖身的大树近旁时，突然走在前面的那人发现了陷阱，十分生气地叫起来：“你们看！是谁在这里暗设了机关陷阱，想谋害我们大王！真是太可恶了！是谁竟敢如此大胆！”说着，和另外两个人一起将猎人设在陷阱上的机关给拆卸下来，然后才前呼后拥互相招呼着走过去了。

「名师点拨」这里的老虎借指世间残害百姓的恶人，而伥鬼则是那些本身就是受恶人残害而不自知，反而还要帮助恶人去残害善良的人。由此来讽刺世间那些善恶不分、被人利用之人。

待这伙人走后，马拯赶紧叫醒猎人，把刚才的一幕告诉了猎人。猎人说：“那些家伙叫作伥，他们原本都是被老虎吃掉的人，可是他们变作伥鬼后，反而死心塌地地为老虎服务，晚间老虎出来之前，他们便替老虎开路。”马拯听后明白了，他对猎人说：“那他们刚才所说的大王一定是老虎了。老虎可能不多久就要来了，你赶快再去把机关架好。”

猎人敏捷地从树上下来，把陷阱上的机关重新架好，刚爬上大树，只听一阵狂叫，一只凶猛的老虎从山上直蹿过来，一下扑在陷阱的机关上，只听“嗖”的一声，一支弩箭弹出，正中老虎心窝。只见老虎狂暴地跳起，大声吼叫，叫声直震得松林发抖，老虎挣扎了一阵，倒在地上死了。

「专家解疑」
挣扎：用力支撑。
执迷不悟：坚持错误而不觉悟。

老虎巨大的哀叫声，惊动了已走了很远的伥鬼们，他们纷纷跑回来，趴在胸口还流着血的死老虎身上大哭起来，边哭还边伤心地哀号着："是谁杀死了我们大王呀！是谁杀死了我们大王呀！"

马拯在树上听得明白，不由得大怒，他厉声骂道："你们这些伥鬼！自己是怎么做的鬼都不知道，你们原本就死在老虎嘴里，至今还执迷不悟，还为老虎痛哭！真令人气愤！"

智慧引路

这些伥鬼，自己明明被坏蛋害死，可是死后还要做坏蛋的帮凶，实是可恨。这真的是分不清什么是善，什么是恶。

林回弃璧

「名师点拨」
从难民所问的问题中可以看出，这些难民都觉得金钱比孩子重要，而且更深一层我们还可以看出，战争是非常残酷的，给人们带来了无尽的苦难。

周朝有一个诸侯国灭亡了，亡国的难民中有个叫林回的人，他舍弃了价值千金的玉璧，却背着婴儿逃难。

难民中有人不理解林回的选择："你是为了金钱吗？如果是为了金钱，一个婴儿能值几个钱？"又有人问："你不害怕受牵累吗？一个吃奶的婴儿在战难时，给人添的麻烦简直说不完。国

难当头，真不明白你抛弃宝玉，背上婴儿这个包袱是为什么？”

林回背着孩子说：“那块宝玉是因为值钱才和我在一起。这孩子因为是我的亲生骨肉，和我的感情连在一起。”

和金钱利欲结合在一起，遇到天灾人祸，患难之时便会互相抛弃；和骨肉情义友谊结合在一起，遇到患难便会相依为命。互相抛弃与互相依存，实在是相差十万八千里啊！

「哲理名言」
和金钱利欲结合在一起，遇到天灾人祸，患难之时便会互相抛弃；和骨肉情义友谊结合在一起，遇到患难便会相依为命。

智慧引路

用金钱利欲结成的关系是暂时的，不能经受患难的考验；人与人之间的亲情友谊，患难与共才是长久和永恒的。

不受嗟来之食

战国时期，各诸侯国互相征战，老百姓不得太平，如果再加上天灾，老百姓就没法活了。这一年，齐国大旱，一连三个月没下雨，田地干裂，庄稼全死了。穷人吃完了树叶吃树皮，吃完了草苗吃草根，眼看着一个个都要被饿死了，可是富人家里的粮仓堆得满满的，他们照旧吃香的喝辣的。

「名师点拨」
封建时代，人们的地位是不平等的，老百姓和达官显贵的生活有着天壤之别，这种现象正如唐代大诗人杜甫诗中所描述的那样：“朱门酒肉臭，路有冻死骨。”

有一个富人名叫黔傲，看着穷人一个个饿得东倒西歪，他反而幸灾乐祸。他想拿出点粮食给灾民们吃，但又摆出一副救世主的架子，他把做好的窝窝头摆在路边，施舍给过往的饥民们。

每当过来一个饥民，黔傲便丢过去一个窝窝头，并且傲慢地叫着：“叫花子，给你吃吧！”有时候，过来一群人，黔傲便丢出去好几个窝头让饥民们互相争抢，黔傲在一旁嘲笑地看着他们，十分开心，觉得自己真是大恩大德的活菩萨。

这时，有一个瘦骨嶙峋的饥民走过来，只见他满头乱蓬蓬的头发，衣衫褴褛，将一双破烂不堪的鞋子用草绳绑在脚上，他一边用破旧的衣袖遮住面孔，一边摇摇晃晃地迈着步，由于几天没吃东西了，他已经支撑不住自己的身体，走起路来有些东倒西歪了。

黔傲看见这个饥民的模样，便特意拿了两个窝窝头，还盛了一碗汤，对着这个饥民大声吆喝着：“喂，过来吃！”饥民像没听见似的，没有理他。黔傲又叫道：“你，听到没有？给你吃的！”只见那饥民突然精神振作起来，瞪大双眼看着黔傲说：“收起你的东西吧，我宁愿饿死也不愿吃这样的嗟来之食！”

黔傲万万没料到，饿得这样摇摇晃晃的饥民竟还保持着自己的人格尊严，黔傲满面羞惭，一时说不出话来。

「专家解疑」

窝窝头：用玉米面、高粱面或别种杂粮面做的食物，略作圆锥形，底下有个窝儿，便于蒸熟。也叫窝头。

瘦骨嶙峋：形容瘦得像皮包骨一样。

「名师点拨」

通过对这个饥民一系列的外貌和神态描写可以看出，他此时已经非常饥饿，急需吃点东西来填饱肚子。

智慧引路

本来救济、帮助别人就应该真心实意而不是要以救世主自居。对于善意的帮助是可以接受的，但是，面对“嗟来之食”，那位有骨气的饥民的精神，值得我们赞扬。

牛缺遇盗

牛缺，在当地地方上是位声望很高的饱学之士。有一次，他要去邯郸拜见赵国国君，途经耦沙时，遇上了一伙强盗。强盗抢走了他的牛车及随身衣物，他只好步行。强盗在一旁看到这人对被劫之事并不在意，脸上连半点忧愁和吝啬的表情都没有，心中不免生疑，于是便追上去问个究竟。

「名师点拨」自己的牛车和随身衣物都被强盗抢走了，牛缺却没有一丝惊慌之态，只是坦然地选择步行继续前进，这样的反应明显异于常人，因此令强盗生疑，引出下文。

牛缺坦然地回答说：“一个有德行的人，不应当因丢失一点儿供养自己的财物而去与人争斗，这样会危害他自身的安全啊。”

强盗们听后，同声称赞道：“这真是一个贤德之人啊！”他们望着牛缺渐渐走远的背影，忍不住又商议：“如此贤德之人去拜见赵国国君，必会受到重用，他如果在国君面前告发了我们的强盗行迹，我们一定会大难临头。因此，还不如先下手为强。”于是，这伙强盗再一次追上牛缺，并把他给杀掉了。

「专家解疑」吝(lìn)啬(sè)：过分爱惜自己的财物，当用不用或当给的舍不得给。

有个燕国人听说了这件事后，就将全家族的人集合起来，告诫他们：“今后谁遇上了强盗，可千万别学牛缺那样以贤德求忍让呀！”大家都牢牢记住了这个教训。

「名师点拨」遇到强盗不能像牛缺那样“以贤德求忍让”，那应该怎样做呢？作者在此给读者设下了一个悬念。

不久，这个燕国人的弟弟要到秦国去，一行人来到函谷关下，又遇上了强盗。他想起了哥哥临别时的告诫，始终不肯轻易舍弃财物，在实在斗不过这伙强盗时，他就跪在地上，低三下四地哀求强盗以慈善为本，还给他抢走的财物。

「专家解疑」宽宏大量：形容人度量大。

强盗们被纠缠得大怒了，忍不住厉声喝道："我们没有要你的性命，就已经够宽宏大量了。你现在还要死死地缠住我们，索要财物，这不就把我们的行迹暴露了吗？我们既然已经做了强盗，哪里还有什么慈悲仁义可言？"只见这伙人手起刀落，将那个燕国人的弟弟杀了，同时还杀害了与之同行的四五个伙伴。

智慧引路

对于杀人不眨眼的强盗，既不能讲"贤德"，也不能苦苦哀求。只有丢掉幻想，团结斗争，战而胜之，才是唯一正确的选择。

狗猛酒酸

「名师点拨」这个卖酒的人非常用心，店里收拾得干净、清爽，店外还挂上了引人注目的酒幌子，可谓面面俱到，但结果却很不理想，令人费解，给读者设下悬念。

宋国有个卖酒的人，为了招徕生意，他总是将店堂打扫得干干净净，将酒壶、酒坛、酒杯之类的盛酒器皿收拾得清清爽爽，而且在门外还要高高挂起一面长长的酒幌子，上书"天下第一酒"几个大字。远远看去，这里的确像个会做生意的酒家。然而奇怪的是，他家的酒却很少有人问津，常常因卖不出去而使整坛整坛的酒搁酸了，变质了，十分可惜。

这个卖酒的宋国人百思不得其解，他于是向左邻右舍请教这么好的酒竟然卖不出去的原因。邻居们告诉他：“这是因为你家养的狗太凶猛了。我们都亲眼看到过，有的人高高兴兴地提着酒壶准备到你家去买酒，可是还没等走到店门口，你家的狗就跳出来狂吠不止，甚至还要扑上去撕咬人家。这样一来，又有谁还敢到你家去买酒呢？因此，你家的酒就只好放在家里等着发酸变质啊。”

「名师点拨」这个卖酒的人将店堂、门面都收拾得非常干净、妥当，但是仍然百密一疏，因为门口的凶狗将送上门的生意“拒之门外”了，非常可惜。

智慧引路

从这个故事中我们可以知道，若是一个无恶不作的坏人控制了国家的某些要害部门，那么后果必然是忠奸颠倒，社会腐败，百姓遭殃。

德比才重要

阳虎的学生在天下为官的比比皆是。可是有一次阳虎在卫国却遭到官府通缉，他四处逃避，最后逃到北方的晋国，投奔到赵简子门下。

见阳虎失魂落魄的样子，赵简子问他说：“你怎么变成这样子呢？”

阳虎伤心地说：“从今以后，我发誓再也不培养人了。”

「专家解疑」通缉：公安机关通令有关地区协同缉拿在逃的犯罪嫌疑人或在押犯人。
失魂落魄：形容心神不定非常惊慌的样子。

赵简子问："这是为什么呢？"

阳虎懊丧地说："许多年来，我辛辛苦苦地培养了那么多人才，直至在当朝大臣中，经我培养的人已超过半数；在地方官吏中，经我培养的人也超过半数；那些镇守边关的将士中，经我培养的同样超过半数。可是没想到，就是由我亲手培养出来的人，他们在朝廷做大臣的，离间我和君王的关系；做地方官吏的，无中生有地在百姓中败坏我的名声；更有甚者，那些领兵守境的，竟亲自带兵来追捕我。想起来真让人寒心哪！"

赵简子听了，深有感触。他对阳虎说：“只有品德好的人，才会知恩图报；那些品质差的人，他们是不会这么做的。你当初在培养他们的时候，没有注意挑选品德好的加以培养，才落得今天这个结果。比方说，如果栽培的是桃李，那么，除了夏天你可以在它的树荫下乘凉休息外，秋天还可以收获那鲜美的果实；如果你种下的是蒺藜呢，不仅夏天乘不了凉，到秋天你也只能收到扎手的刺。在我看来，你所栽种的，都是些蒺藜呀！所以你应记住这个教训，在培养人才之前就要对他们进行选择，否则等到培养完了再去选择，就已经晚了。”

「哲理名言」只有品德好的人，才会知恩图报。

「名师点拨」赵简子的这个比喻非常贴切，具有美好德行的人会对帮助过自己的人感恩戴德；而那些品德不好的人，不但不感恩，还恩将仇报，令人心寒，所以说，一个人德比才更重要。

阳虎听了赵简子的一番话，点头称是。

智慧引路

无论一个人的才能有多高，一定要有好的品德才能称之为一个好人。所以我们在培养人才的时候，一定要有选择地培养。

毁瓜与护瓜

魏国的大夫宋就被派到一个小县去担任县令，这个县正好位于魏国与楚国的交界处，这地方盛产西瓜。虽然同处一地，可是两国村民种西瓜的方式和态度却大不一样。

「专家解疑」交界：两地相连，有共同的疆界。

「名师点拨」故事中两个地方的土地都盛产西瓜，外部条件是一样的，但是一边懒惰，一边勤奋，所种出来的西瓜就大有不同，可见即便有先天优势，也要有后天的努力才可以有所成就。

魏国这边的村民种瓜十分勤快，他们经常担水浇瓜，所以西瓜长得快，而且又甜又香。楚国这边的村民种瓜十分懒惰，又很少给西瓜浇水，所以他们的瓜长得又慢又不好。楚国这边的县令看到魏国的西瓜长得那么好，便责怪自己的村民没有把瓜种好。而楚国的那些村民却没有从自己身上找原因，只是一味地怨恨魏国的村民，嫉妒他们为什么要把瓜种得那么大那么香甜。于是，楚国这边的村民就想方设法地去破坏魏国村民的劳动成果。每天晚上，楚国村民轮流着摸到魏国的瓜田，踩他们的瓜，扯他们的藤，这样，魏国村民种的瓜每天都有一些枯死掉了。

魏国村民发现这个情况后，十分气愤，他们也打算夜间派人偷偷过去破坏楚国的瓜田。一位年纪大的村民劝阻住了大家，说："我们还是把这件事报告给县令，向他请示该怎么办吧。"

「名师点拨」宋就及时制止了村民这种"以牙还牙"的想法，而是建议他们"以德报怨"，两地人民本是相邻而居，就应该和睦相处，共同致富，而不是针锋相对，两败俱伤。

大家来到宋就的县衙。宋就耐心地劝导本国的村民说："为什么要这么心胸狭窄呢？如果你来我往没完没了地这般闹下去，只会结怨越来越深，最后把事态闹大，引起祸患。我看最好的办法是，你们不计较他们的无理行为，每天都派人去替他们的西瓜浇水，最好是在夜间悄悄进行，不声不响地，不要让他们知道。"

魏国村民依照宋就的话去做了。于是，从这以后，西边楚国的瓜一天天长好起来。楚国村民发现，自己的瓜田像是每天都有人浇过水，感到很是奇怪，互相一问，谁也不知道是怎么回事。于是他们开始暗中观察，终于发现为他们的西瓜浇水的正是魏国的村民，楚国的村民大受感动。

很快，这件事情被楚国县令知道了，他既感激、高兴，又自愧弗如魏国县令。他把这些情况写下来报告给了楚王，楚王也同样很受感动，同时也深感惭愧和不安。

后来，楚王备了重金派人送给魏王，希望与魏国和好，魏王欣然同意了。从此后，楚、魏两国开始友好起来。边境的两国村民也亲如一家。两边种的西瓜都同样又大又甜。

「名师点拨」边界发生的一点儿小事竟然促成了楚、魏两国的交好，可见在平时，我们都应当多做好事，这样才能促进社会和谐。

智慧引路

在你和别人之间有矛盾的时候，不要总抱有“以眼还眼、以牙还牙”的思想。要想使得自己和别人的矛盾解除，最好的办法就是宽宏大量，以德报怨。

借火治狗

有一户人家住着婆媳两人，儿子经常外出，很长时间才能回家一次。

这个婆婆在家专横跋扈，经常对媳妇横挑鼻子竖挑眼，媳妇不能申辩，更不敢反抗，总是偷偷地伤心。幸亏隔壁有位好心的大妈，十分同情这位媳妇，常常安慰这位媳妇并暗中帮助她。

「专家解疑」横挑鼻子竖挑眼：形容多方挑剔。

一次，婆婆外出走亲戚，下午回到家里，忽然发现家里的肉少了。婆婆心里顿时来了气，她怎么想也觉得是媳妇偷吃了。于是不问青红皂白就劈头盖脸地骂起来：“你这个好吃懒做的贱女人，我不在家你就无法无天了，竟敢在家偷吃东西！”

「专家解疑」
青红皂白：借指是非、情由等。
劈头盖脸：正对着头和脸盖下来，形容来势凶猛。也说劈头盖脑、劈头盖顶。
无法无天：无视法纪和天理，形容人毫无顾忌地胡作非为。

媳妇觉得实在冤枉，忍不住说：“老天爷在上，我偷没偷吃东西，他看得最清楚。”

还没等媳妇说完，婆婆早就气得要跳起来了，她指着媳妇大声喊道：“这还了得，敢顶撞我！算是我冤枉了你，我瞎了眼睛！我家养不起你这个媳妇了，你马上给我滚回你娘家去，我家不要你了！”就这样，婆婆把媳妇给休弃了。

媳妇无可奈何，只得服从婆婆的命令。她在回娘家之前，去向隔壁的大妈告别，哭着向大妈讲了这件事。大妈听了，很替这位媳妇难过，但大妈也知道那位婆婆的为人，如果现在马上去替媳妇解释，恐怕婆婆是不会听的。于是大妈安慰了媳妇一阵后，对她说：“你先慢慢地走，我这就去想办法让你婆婆把你叫回来。”媳妇擦了擦眼泪，慢慢朝村外走去。

「名师点拨」
隔壁的大妈知道这个婆婆的为人，所以也不跟她讲什么道理，直接用这样一个巧妙的办法来说明媳妇的清白，非常聪明。

大妈待媳妇一走，马上在家里搜寻了一把乱麻，她将乱麻扎在一个小棍上做了一个火引子，然后到这个媳妇家里去找婆婆借火。

婆婆问：“现在不是做饭的时候，借火做什么？”大妈对婆婆说：“我家的狗不知从哪里叼来一块肉，几条狗为争这块肉，互相咬得很凶，我想借个火回去治治它们。”

婆婆一听，恍然大悟，肉原来是被狗叼走了。她心里感到有几分愧疚。因此赶紧找来一个人，让他马上去追赶媳妇，把她接回来。

「专家解疑」
恍然：形容忽然醒悟。

智慧引路

我们在遇到什么事情的时候，一定要抓住问题的症结，不要急于求成。

东郭先生

春秋时期，有个东郭先生要到中山国去。

他早晨起来赶着瘸驴、驮着图书在路上走。突然有一只狼跑到他面前，抻长脖子可怜地望着东郭先生，哀求他说：“先生，现在赵简子打猎正在追赶我，我眼看就没命了。如果您肯把我藏到口袋里，救我一命，您的恩德就好像让死者复生，使白骨生肉了，我一定会报答您。”

东郭先生说：“哎呀！我私藏你这只狼，触怒了赵简子我可是要犯死罪的，他可是赵国的相国。到时候，我连我自己的命都保不住，哪里还能保得住你的性命呢？更不敢指望你报恩！不过，

「好词好句」
触怒
报恩
*突然有一只狼跑到他面前，抻长脖子可怜地望着东郭先生。
*如果您肯把我藏到口袋里，救我一命，您的恩德就好像让死者复生，使白骨生肉了，我一定会报答您。

看你怪可怜的，即使有祸我也在所不辞了。”

「专家解疑」
小心翼翼：原形容严肃虔敬的样子，现用来形容举动十分谨慎，丝毫不敢疏忽。

于是东郭先生就倒出袋子里的书，把狼小心翼翼地往袋子里装，前边怕碰了狼的下巴，后边怕窝了狼的尾巴，装了三次才装好。然后把口袋放到驴背上，牵着驴躲到路边。

不一会儿，赵简子带着一群武士追来了，他看见狼突然失踪就有些怀疑，愤怒地拔出剑来砍断车辕一头，对着东郭先生骂道：“谁隐瞒狼逃跑的方向，就让他和这车辕一样。”

「名师点拨」
东郭先生明知狼的贪婪与罪恶却还是救了狼，可见东郭先生的仁慈其实是一种愚昧。对于恶人绝不能姑息，否则害人害己。

东郭先生急忙跪在地上说：“我早晨起来迷了路，怎么会知道狼的踪迹呢？您位高权重，我再愚蠢也不会隐瞒狼逃跑的方向。狼的本性贪婪狠毒，作恶多端，您除掉它是大快人心的好事呀。再说大路岔道很多，谁知狼从哪条路逃走了。”

赵简子听了觉得东郭先生的话很有道理，便掉转车头走了。

「名师点拨」
从狼的话语中我们可以看出，狼是多么贪婪狠毒、恩将仇报，而且还以“救到底”的借口要吃掉东郭先生，可见它还非常的虚伪狡猾。

过了一会儿，见赵简子走远了，东郭先生便把狼从口袋里放出来，让它赶快逃命。狼得救了，却一点儿也没有像它承诺的那样报答救命恩人，反而咆哮着对东郭先生说：“现在我饿极了，如果吃不到东西饿死，那还不如死在猎人手里呢。既然你救了我，那就救到底，请把你的身躯献给我填饱肚子吧！”狼说着便扑向东郭先生。

东郭先生和狼一边搏斗一边骂道：“你这个忘恩负义的东西，真是丧尽天良，我救了你一命，你不报答我就算了，竟然还恩将仇报！”眼看着东郭先生就快支撑不住了，满头大汗。狼很得意，

因为它知道，东郭先生马上就会成为它的口中餐了。

这时有个砍柴的老人经过，他看到这种情形，立即劝住了狼，问狼：“你为什么要吃东郭先生？”

「专家解疑」
狡辩：狡猾地强辩。

狼狡辩说：“是他想把我装到口袋里闷死。”

老人又问东郭先生：“你为什么要把狼装进口袋里？这好像就是你的不是了。”

「名师点拨」
老人明白了一切，却并没有立即拆穿狼的恶行，而是将计就计，先想办法让狼钻进口袋中，然后再将其制服，真是非常沉着、聪明。

东郭先生把刚才事情的经过对老人讲了一遍，老人这才明白了一切，对狼说：“我不信，这么小的口袋怎么会装下你这么大的狼？”

狼为了证明自己有理，又钻进口袋让老人看。

老人连忙把口袋用绳系住，然后拿起手中砍柴的斧头将狼砍死，并对东郭先生说：“对害人的禽兽绝不能手软。”

「哲理名言」
对害人的禽兽绝不能手软。

智慧引路

绝不能怜惜像狼一样的恶人，因为他们害人的本性是不会改变的。

临江驼鹿

从前，临江有一个人爱好打猎。有一次，他进山里去打猎，偶然发现了一个驼鹿穴，老鹿可能是觅食去了，只剩下一只毛都还没长齐的小鹿崽。这个人很是怜爱这头小驼鹿，就将它抱起来，带回家里去饲养。

这人抱着小驼鹿刚一走进家门，家里养的一群狗就一边摇着尾巴一边流着涎水跑过来，以为小驼鹿是主人带给它们的食物，不顾小驼鹿还在主人怀里，跃跃欲试地伸出爪子去碰它。主人很生气，大声地呵斥它们："畜生，还不快滚开！"又踢了狗几脚，它们这才悻悻地躲远了。

这群狗对小驼鹿如此垂涎三尺，主人不禁很担心小驼鹿会遭它们的毒手，于是就天天抱着小驼鹿到狗跟前去，让狗慢慢熟悉它、亲近它，让它们之间建立起感情，到后来又把它们放在一块儿玩耍，教狗要爱护小驼鹿，不准去惊动它、骚扰它。

这群狗明白主人的意思是要保护小驼鹿的安全，也就都按照主人的心意去做，听从主人的安排，和小驼鹿很是亲热，也不再吓唬它。小驼鹿慢慢地长大了，因为和狗处得久了，竟然忘记了狗是鹿的敌人，反而确信狗是自己的好朋友，成天和狗一块儿互相舔舐，翻滚嬉戏，碰撞追逐，玩得十分开心，和狗也一天比一

「专家解疑」

驼鹿：哺乳动物，是最大型的鹿，背部很高，像驼峰。毛黑棕色，头大而长，颈短，鼻长如骆驼，尾短，四肢细长，雄的有角，角上部呈铲形。我国东北兴安岭地区有出产。有的地区叫堪达罕。

悻(xìng)悻：①怨恨愤怒的样子。②失意的样子。

「名师点拨」

这群狗和小驼鹿变得亲近完全是遵从主人的心意，博主人欢心，可见并不是出于真心，它们的本性并没有改变。

「名师点拨」这群狗本是看家护院的大狗，并不是我们现在家里养的小宠物狗，它们的本性是食肉的，温驯的驼鹿便是它们垂涎的对象。

「专家解疑」不管三七二十一：不顾一切；不问是非情由。

天亲热。而这群狗因为想讨好主人，又怕主人的责罚，也就一直迁就小驼鹿，陪着它玩耍，但还是改不了它们的本性，常常暗地里瞧着小驼鹿，垂涎三尺。

过了几年，小驼鹿长成了大驼鹿。有一次它出门碰到别人家的一群狗，可高兴了，以为遇到了好朋友，赶快跑过去和它们嬉戏。

这群狗见这只驼鹿竟如此大胆，感到又奇怪又生气，也不管三七二十一，冲上来又撕又咬，一会儿工夫就把驼鹿吃了个精光，血淋淋的尸骨就这样被弃置在道路上。只可惜驼鹿到死也不明白一向和气的狗为什么要吃它。

智慧引路

作为一个聪明人，我们如果因为外部力量的帮助而获得了地位和利益，那么我们做事的时候一定要谨慎，不能盲目地高估自己。

华歆与王朗

华歆与王朗是一对好朋友，两个人都很有学识，德行也受到大家的称赞，分不出谁好一些，谁差一点儿。

有一年，洪水泛滥，淹没了许多村庄和大片的良田，百姓叫苦连天。华歆和王朗的家乡也遭了灾，房子都被大水冲走了，盗贼也趁火打劫，四下作案，很不太平。无奈，华歆和王朗只得和别的几个邻居一起坐了船去逃难。

船上的人都到齐了，物品也装妥了，马上就要解缆离岸出发了。这时候，远处忽然跑过来一个人，他背着包袱跑得气喘吁吁，大汗淋漓。这个人也顾不得擦汗，一边朝这边挥手一边扯开嗓子大叫道："先别开船，等等我，等等我呀！"

这人好不容易跑到船跟前，上气不接下气地说："船都被人叫完了，没有人肯收留我，我远远看到这边还有一条……船，就跑过来……求求你们……带上我……一起走吧……"

华歆听了，皱起眉头想了想，对这个人说："对不起得很，我们的船也已经满了，你还是再去另想办法吧。"

王朗却很大方，责备华歆说："华歆兄，你怎么这样小气，船上还很宽裕嘛，见死不救可不是君子所为，带上人家吧。"

华歆见王朗这样说，就不再坚持自己的意见，略微沉思片刻，

「人物介绍」
华歆（xīn）：字子鱼，平原高唐人（今山东德州禹城），汉末魏初名士，曹魏重臣，为人清正廉洁，见识过人。

「专家解疑」
趁火打劫：趁人家失火的时候去抢人家的东西，泛指趁紧张危急的时候侵犯别人的权益。

「名师点拨」
华歆并不是直接拒绝了那个人的请求，而是先"皱起眉头想了想"，可见，他做这个决定是经过一番思考的，并不是见死不救。

便答应了那人的请求。

华歆、王朗他们的船平安地走了没几天，就碰上了盗贼。盗贼们划船追过来，眼看越追越近了，船上的人们都惊慌不已，不知该怎么办才好，只有拼命地催促船家快些、再快些。

「专家解疑」惊慌：害怕慌张。

王朗也害怕得不行，他找华歆商量说：“现在我们遇上盗贼，情况紧急，船上人多了没有办法跑得更快。不如我们叫后上船的那个人下去吧，也好减轻船的一些重量。”

华歆听了，严肃地回答道：“开始的时候，我考虑良久，犹豫再三，就是怕人多了行船不便，弄不好会误事，所以才拒绝人家。可是现在既然已经答应了人家，怎么能够又出尔反尔，因为情况紧急就把人家甩掉呢？”

「名师点拨」华歆头脑冷静，会提前考虑到突发状况的发生，而在答应别人的请求后，就绝不会出尔反尔，尽自己所能护他周全，这样才是真正的善良，而他的朋友则是表面善良，内心虚伪。

王朗听了这番话，面红耳赤，羞愧得说不出话来。在华歆的坚持下，他们还是像当初一样，携带着那个后上船的人，始终没有抛弃他。而他们的船也终于在大家共同的努力下，摆脱了盗贼，安全地到达了目的地。

智慧引路

读了这则寓言故事，我们知道，华歆是值得我们学习的，而王朗却应该是我们鄙夷的那种人。

一个被抛进河里去的人

有一次，很多老百姓聚集着，在一个悬崖上面，要架一条独木桥到对岸的悬崖上去。因为那两个悬崖之间是一道很深很深的、水又流得很急的河沟。大家运来了一根又大又坚固的梁木，于是，他们用很粗的绳索捆住梁木的两端，拉着一端的绳索把梁木放到河沟里去，让一部分人攀着岩石爬下河沟，以便涉水过去，再爬上那边的悬崖，然后两边的人同时拉着绳索，把梁木拉上去，就可以把桥架好了。

但是，那河沟里的水实在太急了，那些涉水的人有好几个都被水冲走了，有一两个就在仓促之间殉了难，其余的人都退缩了，再也不敢向前，而那梁木也快要被冲走了。看起来，这独木桥一时是架不起来了。可是，在这些老百姓中却有一个人，胆子和气力都比别人大，他在危急之中特别奋力，在急流中挣扎，拉住梁木，而且终于渡过对面，爬上悬崖，把桥架起来了。

因此，这个人的功劳特别大，他的同伴们都很感激，把他尊崇为英雄。他们拿大坛的酒和整只的羊来公宴他，还叫石匠来把他的名字刻在河沟旁边的石壁上。大家做这些事情，都是实心实意的，因为他们诚心感激他、尊敬他，而且热爱他。不料，这个人竟因此逐渐变得万分地傲慢，俨然以一个酋长自居了，竟然在

「名师点拨」作者在此处将百姓在两个悬崖之间架独木桥的方法介绍得非常详细，通过介绍可知，架独木桥最大的困难就是从一边的悬崖涉水过去到另一边这个过程。

「专家解疑」仓促：匆忙。也作仓猝。

酋（qiú）长：部落的首领。

村庄中横行霸道起来。大家最初还忍耐着，但有一天，他竟当众宣言道："没有我，你们连一条独木桥都架不起来！现在，我就把它丢进河里去，看你们怎么办！"大家还以为他在开玩笑呢，而他却真的提起桥木的一端，嘭地一下丢进河沟里去了。老百姓们真的不能再忍耐了，一齐跑了过去，也提起了他的两脚，把他摔进河沟里去了。老百姓当天还把石壁上的他的名字也刨掉了，而且很快就重新架好了独木桥。

「名师点拨」从最后这句话中可以看出，虽然架桥有一定的难度，但也并不是只有某一个人才可以办到的事情，团结的力量才是最大的力量。

智慧引路

如果为老百姓做了好事，那老百姓就会崇敬你。但若是因为这样而蔑视百姓，甚至想要做一些对老百姓不利的事情，那么，你也一定会受到老百姓惩罚的。

■名家品评

在这一章中，讲述的都是关于善恶的故事，从各个故事中我们也认识到了很多或善或恶的人物。善良的人不仅会主动帮助他人，还会以德报怨，宽恕他人的过错，引导作恶的人向善；而作恶的人如果不及时意识到自己的恶，一意孤行的话，最终也将被正义打败。我们在生活中要做一个善良、宽容、乐于助人的人，用美好的德行去感化那些误入歧途的人，而对于那些作恶多端的人则不能手软，要坚决制止他们的恶行。

阅读思考

1. 来俊臣是怎么来惩治企图谋反的周兴的？
2. 林回为什么要弃璧？
3. 为什么说德比才重要？
4. 华歆和王朗谁才是真正善良的人？

第三章

美丑篇

前两章的寓言故事分别宣扬了真与善，这一章将讲述关于美丑的故事。爱美之心人人有之，但是有些人外表虽然光鲜亮丽，内心却是丑陋无比；而有些人虽然其貌不扬，却有一颗美丽的心灵。那么，这两种人究竟哪一种人更受欢迎？而哪一种人又会受到大家的鄙夷呢？让我们一起从下面的故事中来寻找这个“美丑标准”吧。

曹商舐痔

宋国有个叫曹商的人，被宋王派往秦国做使臣。他启程的时候，宋王送了几辆车给他做交通工具。曹商来到秦国后，对秦王百般献媚，千般讨好，终于博得了秦王的欢心，于是秦王又赏给了他一百辆车。

「专家解疑」献媚：为了讨好别人而做出某种姿态或举动。

曹商带着秦王赏的一百辆车返回宋国后，见到了庄子。他掩饰不住自己的得意之情，在庄子面前炫耀：“像你这样长年居住在偏僻狭窄的小巷深处，穷困潦倒，整天就是靠辛勤地编织草鞋来维持生计的人，经常被饿得面黄肌瘦。这种困窘的日子，我曹商一天也过不下去！你再看看我吧，我这次奉命出使秦国，仅凭这张三寸不烂之舌，很快就赢得了拥有万辆军车之富的秦王的赏识，一下子就赐给了我新车一百辆。这才是我曹商的本事呀！”

庄子对曹商这种小人得志的狂态极为反感，他不屑一顾地回敬道：“我听说秦王在生病的时候召来了许多医生，对他们当面许诺：凡是能挑破粉刺排脓生肌的，赏车一辆；而愿意为其舐（shì）痔的，则赏车五辆。治病的部位愈下，所得的赏赐愈多。我想，你大概是用自己的舌头去舔过秦王的痔疮，而且是舔得十分尽心卖力的吧！不然，秦王怎么会赏给你这么多车呢？你这肮脏的东西，还是快点给我走远些吧！”

「专家解疑」

三寸不烂之舌：指能言善辩的口才。也说三寸舌。

痔（zhì）：病，因肛门或直肠末段的静脉曲张而形成的突起的小结节。分为内痔、外痔和混合痔。症状是发痒，灼热，疼痛，大便表面带血等。通称痔疮。

智慧引路

在这个典故中，曹商这种不以耻为耻，反以耻为荣的行为是不可取的。这对于我们现实生活中某些不择手段追逐名利的人，真的是一个警钟。

感受内美

春秋时期，卫国有个名叫哀骀（tái）它（tuo）的人，他的容貌虽然很丑陋，但不管是男人还是女人都非常喜欢和他交往，相处亲近随和，舍不得离去。有一些女人甚至说："与其做别人的妻子，还不如做他的小妾。"

他一无权位二无财产，也没有什么高深的理论和显赫的功绩，可是外表粗陋、其貌不扬的这位丑人却受到几乎所有人的喜爱和赞美，这使得鲁国的鲁哀公惊异不已，于是就派人把他从卫国请回鲁国加以考察。相处不到一个月，鲁哀公觉得他在平淡中确有不少过人之处，不到一年，就很信任他了。不久，宰相的位置空缺，鲁哀公便让他上任管理国事，可他却淡淡然无心做官，虽在再三要求下参议了国事，但不久他还是辞了高位厚禄，回到他在卫国的陋室中去了。

「名师点拨」在封建社会，很多家庭都是一夫多妻，而妻子的地位却是远远高于小妾的，因此这句话也从侧面表现了哀骀它受人爱戴的程度。

「专家解疑」

其貌不扬：指人的容貌平常或丑陋。

宰相：我国古代辅助君主掌握国事的最高官员的通称。

对此，鲁哀公求教于孔子：“他究竟是怎样一种人呢？”孔子借喻道：“我曾经在楚国看见一群小猪在刚死的母猪身上吃奶，一会儿都惊恐地逃开了，因为小猪发现母猪已不像活着时那样亲切。可见小猪爱母猪不是爱它的形体，而是爱主宰它形体的精神，爱它内在的品性。哀骀它这个人虽然外表不美，但他的品德和才情等内在之美必定已超越一般人很多，所以您和许多人才喜欢他。”

「人物介绍」

孔子：名丘，字仲尼，春秋末期鲁国人。儒家学派的创始人，也是一位伟大的思想家、政治家、教育家，曾带领部分弟子周游列国。

智慧引路

外在的美丽的确是非常吸引人，但是，这种美是不会长久的。只有内在的品德、学识、才能等才是最美的、最吸引人的。

丑妇效颦

春秋时期，越国有一位美女名叫西施。她的美貌简直到了倾国倾城的程度。无论是她的举手投足，还是她的音容笑貌，样样都惹人喜爱。西施略用淡妆，衣着朴素，走到哪里，哪里就有很多人向她行“注目礼”，没有人不惊叹她的美貌。

西施患有心口疼的毛病。有一天，她的心口病又犯了，只见她手捂胸口，双眉皱起，流露出一种娇媚柔弱的女性美。当她从乡间走过的时候，乡里人无不睁大眼睛注视。

「好词好句」

倾国倾城

音容笑貌

*她的美貌简直到了倾国倾城的程度。

*西施略用淡妆，衣着朴素，走到哪里，哪里就有很多人向她行“注目礼”，没有人不惊叹她的美貌。

乡下有一个丑女子，不仅相貌难看，而且没有修养。她平时动作粗俗，说话大声大气，却一天到晚做着当美女的梦。今天穿这样的衣服，明天梳那样的发式，却仍然没有一个人说她漂亮。

这一天，她看到西施捂着胸口、皱着双眉的样子竟博得这么多人的青睐，因此回去以后，她也学着西施的样子，手捂胸口、紧皱眉头，在村里走来走去。哪知这丑女的矫揉造作使她原本就丑陋的样子更难看了。其结果是：乡间的富人看见丑女的怪模样，马上把门紧紧关上；乡间的穷人看见丑女走过来，马上拉着妻子、带着孩子远远地躲开。人们见了这个怪模怪样模仿西施心口疼在村里走来走去的丑女人简直就像见了瘟神一般。

「名师点拨」通过描写乡里人对西施和丑女的不同反应，从侧面反映了西施的美丽与丑女的丑陋，更是突出了西施的美。

智慧引路

丑女人看到西施皱眉的样子很美，很吸引人，没有弄明白是什么原因就去模仿她。最后却落得一个被人讥笑的结果。这就告诉我们，在做什么事情之前，一味地去模仿别人是愚蠢的。

美丑标准

「专家解疑」客栈（zhàn）：设备简陋的旅馆，有的兼供客商堆货并代办转运。

阳朱到宋国，投宿在一家客栈里。店主人热情地接待了阳朱，并向他介绍自己的家人。阳朱发现店主人有两位小妾，一位长得

亭亭玉立、楚楚动人，而另一位却相貌丑陋。偏偏令人不理解的是，店主人却宠爱丑陋而轻贱漂亮。

阳朱怀着好奇心，想打听个究竟，便询问缘由。

店主人说道：“那个漂亮的自恃美貌过人却轻视他人，傲气得不得了，我越看她，越觉得丑；这位看似丑陋的心地善良，待人谦和，通情达理，令我越看越觉得漂亮。”说到这里，正好漂亮的那位小妾昂首挺胸地走过来。店主人连看都不看她一眼，对阳朱说：“瞧这德行、这模样，实在叫人生厌，她哪里知道什么叫美，什么为丑！”

阳朱在店主人的一番启发下很受教育。他认为外形固然很重要，品行却是更重要的标准。一个人若貌美再加上品格高尚，那就一定会受到人们的爱戴。若相貌不理想而心灵美，也会获得尊重。

对美与丑从来就有两条标准：追求外在美，是表面的、肤浅的；崇尚内在美，是本质的、富有内涵的。

「好词好句」

亭亭玉立

楚楚动人

*那个漂亮的自恃美貌过人却轻视他人，傲气得不得了，我越看她，越觉得丑。

*这位看似丑陋的心地善良，待人谦和，通情达理，令我越看越觉得漂亮。

「哲理名言」

外形固然很重要，品行却是更重要的标准。

智慧引路

停留在表面的美只是暂时的，若想要美丽永恒，只有是内在的美。

自食其力好

「专家解疑」
立锥之地：形容极小的一块地方（多用在“无”后）。

齐国有个人上无片瓦，下无立锥之地，自己又无一技之长，没有谋生的手段，每天只有靠在城里乞讨度日，生活十分困窘。

那时的城市又不大，他天天走的都是那几条街巷，讨的总是那几户人家。开始，人们出于一种同情心，还给他一点儿残羹剩饭；时间长了以后，人们就觉得他来的次数太多了，令人生厌，于是谁也不愿意再给他一些食物了。为此，他只有忍饥挨饿的份了。

恰在此时，有个姓田的马医因活太多，忙不过来，需要找一个帮手。这个乞丐便主动找上门去，请求在马厩里给马医打打杂工，以此换取一日三餐。这样，他再也不用沿街乞讨，晚上也不必漂泊流浪。安定的生活使他的日子变得充实起来，干活也格外卖力。

「名师点拨」
这个乞丐“主动”请求去给马医打杂，可见他不是一个自甘堕落之人，而他工作起来又“格外卖力”，又可以看出他是一个积极上进之人，这样的人值得我们学习。

可是，又有人在一旁取笑他了：“马医本来就是一个被人瞧不起的职业，而你不过是为了混口饭吃，就去给马医打杂、当下手，这不是你的莫大的耻辱吗？”

这个昔日的乞丐平静地回答：“依我看，天下最大的耻辱莫过于寄生虫，靠乞讨度日。过去，我为了活命，连讨饭都不感到羞耻；如今能帮马医干活，用自己的劳动养活自己，这又怎么能说是耻辱呢？”

智慧引路

无论是在古代还是现代，劳动没有高低贵贱之分，这种正确的观点是永远不变的。而在典故中的这个齐国人的这种自食其力的精神，是非常值得我们学习的。

齐人有一妻一妾

齐国有一名男子，与一妻一妾住在一起。他常常独自一人外出，然后酒足饭饱而归。这人的妻子感到有些奇怪，心想：“没听说他在外面做什么大事，家里妻妾又没有过什么好日子，他怎么有钱经常在外大吃大喝呢？”于是便问其原因。她男人说道：“我在外面结交的都是些富贵家的人，人家三天一大宴、两天一小宴，请我去还用花钱吃酒肉？”

这人的妻子半信半疑。她悄悄对那妾说：“我们的男人每次出去，总是吃饱了酒肉才回来。我问他经常跟什么人在一起吃喝，他说都是些富贵家的人。可是我们家从来都不曾有一位贵客登门呀！看来我要了解一下这究竟是怎么一回事。”

第二天，齐人的妻子起了个大早儿。她躲躲闪闪地尾随在自己的男人身后。但是走遍了全城，甚至没见到有谁和自己的男人讲一句话。夫妻俩一前一后地在城里转了一阵子，忽然，这女人

「专家解疑」
半信半疑：有些相信，又有些怀疑。
尾随：跟随在后面。

「名师点拨」
中国是礼仪之邦，自古就讲究礼尚往来，这个人每次都去“朋友”家大吃大喝，却不见有“朋友”拜访他们家，因此引起了妻子的怀疑。

看见丈夫朝东门外走去，于是紧跟了上去。哪知道东门外是一块坟地。她只见自己的男人走东头、窜西头，向各家上坟的人乞讨着剩下的残酒冷菜。这女人一下子全明白了。她气呼呼地跑回家去，把真相一五一十地告诉了那妾，并且伤心地说："男人是我们女人的终身依靠，没想到咱们的男人竟然这么不争气。"这两个女人你一言我一语地数落那男人的不是，为自己这辈子命苦而痛哭流涕。

那男人并不知道自己在坟地里行乞的事已经露馅，回家后仍像往常一样得意扬扬地在其妻妾面前夸耀与贵人聚会的热闹场面。

世上居然有这般恬不知耻的人！由此看来，那些已经求得万贯家产、高官显爵的人，不曾干过让其妻妾蒙羞、痛哭之事的，也许为数不多。

「名师点拨」原来这个齐人所谓的"富贵人家"就是坟地里的死人，而"大宴""小宴"就是上坟人剩下的残酒冷菜，能瞒着妻妾做出这样的事，真是恬不知耻。

「专家解疑」数落：①列举过失而指责。②列举着说。

恬（tián）不知耻：做了坏事满不在乎，不以为耻。

智慧引路

这个故事中的齐国男子，用谎言来欺骗自己的妻妾，但是纸包不住火，他的丑恶嘴脸还是露了出来，这就告诉我们：外表的光鲜永远掩盖不了内心的丑陋。

疥疮的美德

「专家解疑」
疥(jiè)疮：传染性皮肤病，病原体是疥螨，多发生在手腕、手指、腋窝、腹股沟等部位。症状是局部起丘疹而不变颜色，刺痒。

从前，有个叫陈大卿的捕快得了疥疮病，整天痒得他坐卧不安，别人也不大敢接近他。一天，县令碰到了他，见他那副模样，便笑话他说："你可真舒服呀！"

陈大卿正儿八经地说："你别讥笑我。我这病可有五种美德，是其他的病所远远赶不上的呢。"

县令说："哪五种美德？"

陈大卿说："仁、义、礼、智、信，它都具备。"

县令问："此话怎讲？"

「名师点拨」
面对县令的调侃，陈大卿不仅不急，反而将烦人的疥疮和五种美德联系了起来，以幽默的语言解除了尴尬，还讽刺了封建社会的虚伪，非常聪明机智。

陈大卿不紧不慢地说道："你看，这疥疮不生在脸上，它为我保全了面子，这是仁；谁只要一接触到它，它便毫不吝啬地给予别人，传染迅速，这是义呀；它常常奇痒难耐，引得人叉开手指去抓、去挠，这是讲礼呀；它不生在别处，专拣关节缝里长，扑朔迷离，不大好捉摸，这可是它的智；每隔一段时间，它便定时发痒，总在那几个时间来，不偏不离，这便是信。您说，这不正是它的五种美德吗？"

县令听了陈大卿的这些话后，也哈哈大笑起来。

智慧引路

在这个故事中，其实是借用捕快和县令的对话，讽刺了封建统治阶级所鼓吹的“仁、义、礼、智、信”，认为这些不过是像疥疮般的病症！

龙王与青蛙

龙王住在海底深处，传说它是水族中的至尊，水中一切动物都是它的臣民；龙王还能呼风唤雨，它的一举一动都会给民间百姓带来很大影响，因此，民间百姓虽不是水族动物，也同样对龙王顶礼膜拜。

一天，龙王出外巡游，在海边遇上了一只青蛙。龙王和青蛙相互致以问候以后，便友好地攀谈起来。

青蛙问：“龙大王您居住的地方是怎样的呀？”

龙王说：“我住在宫殿里，那不是一般的宫殿，那是海底宫殿，是用珍珠宝贝建造的，里面珠光宝气、金碧辉煌。”

接着龙王又问青蛙说：“那么你居住的地方又是什么样子呢？”

青蛙回答说：“我住的地方嘛，在山间小溪边，那里有绿色的苔藓和碧绿的青草，还有清亮的泉水和洁白的山石，简直美丽极啦！”说着，青蛙高兴起来，便问龙王道：“龙大王，您高兴

「好词好句」
呼风唤雨
一举一动
*龙王住在海底深处，传说它是水族中的至尊，水中一切动物都是它的臣民。
*我住在宫殿里，那不是一般的宫殿，那是海底宫殿，是用珍珠宝贝建造的，里面珠光宝气、金碧辉煌。

「专家解疑」
苔藓：植物界的一大类，植株矮小，有假根。分为苔和藓两类，有很多种，多生长在阴湿的地方。

和发怒的时候是怎样的呢？”

「名师点拨」青蛙虽然不能拥有像龙王那样呼风唤雨的能力，但是它也可以自得其乐，即便发怒的时候也不会给他人带来不便，这种生活虽没有龙王奢侈，但它享受到的快乐却一点儿也不亚于龙王。

龙王说：“我高兴的时候，就给人间适时降下滋润的雨水，使五谷丰登；我发怒的时候，就刮起暴风，使天地间飞沙走石，然后，再加以霹雷闪电，使得千里之内寸草难留。”说完，龙王又问青蛙说：“不知你在高兴和发怒的时候是怎样的？”

青蛙回答说：“我跟龙大王您完全不一样。我高兴了，就在风清月明的夜晚亮起我的歌喉，一个劲地‘呱呱’鸣叫，唱上一阵；我要是发怒了，就先睁大眼睛凸出眼珠子，接着便鼓胀起我的肚子，表示我的气愤，最后把肚子这么胀过以后也就罢了。我就这么大能耐。”

智慧引路

在世间，万事万物之间是有很大的区别的，所以不能用一个标准来衡量所有的事物，要根据各自力所能及的实际情况来办事。

齐王嫁女

「专家解疑」嫁妆：女子出嫁时，从娘家带到丈夫家去的衣被、家具及其他用品。

有一个名叫吐的人，经营宰牛卖肉的生意，由于他聪明机灵，经营有方，因此生意做得还算红火。

一天，齐王派人找到吐，告诉吐说：“齐王准备了丰厚的嫁妆，打算把女儿嫁给你做妻子，这可是大好事呀！”

「专家解疑」
受宠若惊：受到过分的宠爱待遇而感到紧张不安。

吐听了，并没有受宠若惊，而是连连摆手说：“哎呀，不行啊。我身体有病，不能娶妻。”

那人很不理解地走了。

后来，吐的朋友知道了这件事，觉得奇怪，吐怎么这么傻呢？于是跑去劝吐说：“你这个人真傻，你一个卖肉的，整天在腥臭的宰牛铺里生活，为什么要拒绝齐王拿厚礼把女儿嫁给你呢？真不知你是怎么想的。”

吐笑着对朋友说：“齐王的女儿实在太丑了。”

吐的朋友摸不着头脑，问：“你见过齐王的女儿？你何以知道她丑呢？”

吐回答说：“我虽没见过齐王的女儿，可是我卖肉的经验告诉我，齐王的女儿是个丑女。”

朋友不服气地问：“何以见得？”

「专家解疑」胸有成竹：画竹子时心里有一幅竹子的形象（见于宋晁补之诗“与可画竹时，胸中有成竹”，与可是宋代画家文同的字）。比喻做事之前已经有通盘的考虑。也说成竹在胸。

吐胸有成竹地回答说：“就说我卖牛肉吧，我的牛肉质量好的时候，只要给足数量，顾客拿着就走，我用不着加一点儿、找一点儿的，顾客感到满意，我呢，唯恐肉少了不够卖。我的牛肉质量不好的时候，我虽然给顾客再加一点儿这、找一点儿那，他们依然不要，牛肉怎么也卖不出去。现在齐王把女儿嫁给我一个宰牛卖肉的，还加上丰厚的礼品财物，我想，他的女儿一定很丑。”

吐的朋友觉得吐说得十分在理，便不再劝他了。

过了些时候，吐的朋友见到了齐王的女儿，齐王的女儿果然长得很难看。这位朋友不由得暗暗佩服吐的先见之明。

智慧引路

发生在自己身边的事情虽然不同，但是它们之间的道理却是一样的。

「名师点拨」楚王任用大臣，不以他们的品德、才能为考量标准，而是以貌取人，提拔自己欣赏的“细腰身”之人，这样无视国家利益的选拔标准真是非常荒唐。

楚王好细腰

从前，楚灵王喜欢在上朝时看到臣子们有个如杨柳般婀娜多姿的细腰身，他认为只有这样才叫赏心悦目，能使满堂生辉。有些生得苗条柔弱的大臣还因此受到了楚灵王的赞美、提拔和重用。

这样一来，满朝的文武大臣们为了赢得楚灵王的欢心和宠信，便千方百计地实行减肥，拼命地使自己的腰围变小。他们不约而同地注意节制饮食，强迫自己一天只吃一餐饭，为此经常饿得头昏眼花也在所不惜。有的大臣更是摸索出了一套快速减肥的绝招，那就是在每天早晨起床穿衣时，首先做几次深呼吸，挺胸收腹，然后将气憋住，再用宽带将腰部束紧。经过这样一番折腾之后，许多人便渐渐失去了独立支撑身体的能力，往往需要扶住墙壁才能勉强站立起来。

「专家解疑」

不约而同：没有事先商量而彼此见解或行动一致。

枯槁：①（草木）干枯。②（面容）憔悴。

弱不禁风：形容身体虚弱，连风吹都禁不住。

如此这般，经过整整一年的折磨以后，楚国的满朝文武官员们全都变成了面黄肌瘦、形容枯槁、弱不禁风的废物，这又怎么能担当得起治理国家、保卫疆土的重任呢？

智慧引路

这个寓言故事说明：上有所好，下必甚焉。楚灵王以个人的好恶去规范臣下的行为，并以此决定亲疏，这就必然会引起下属臣僚的刻意逢迎和拼命邀宠。如此上下互动，渐成风气，势必会酿出大祸，危害国家，毁掉个人。应该说，这个故事，对于今天的人们如何安身立命，也不失为一个深刻的教训。

爱发脾气

从前，张三和李四两个人闲来无事，待在屋子里聊天。张三对李四说：“有个和我一起共事的人，名字叫作王五。王五的脾气可暴躁了，动不动就会发火，一发起火来可不得了，又拍桌子又摔东西，搞不好还会打人呢！我们平时都很害怕他，不敢和他争执。”李四说：“真的吗，果真有这样火暴性子的人？”

两人正说着，王五正巧从屋外经过，窗子开着，张三的话全都清清楚楚地传到他耳朵里。王五顿时大发雷霆，面红耳赤，脖子上的青筋一根根地凸出来。他大步跑到屋门口，气势汹汹地使劲一踹，把门踢开，冲进屋里，见了张三，一把抓住他的领口，不由分说地照准面门就是重重一拳。张三被打得踉跄着退了好几步，一屁股坐在地上，血从他的鼻子里慢慢流了下来。

王五还觉得不解恨，也不管张三一迭声地叫饶，过去骑在他身上，抬起拳头打个不停。李四见状，赶忙过去劝解。费尽九牛二虎之力，他终于把王五拉开，问他说：“你为什么要打张三呢？”

王五气呼呼地回答说：“我哪有性子暴躁的毛病，又什么时候乱发过脾气呢？他这样诬蔑我，我当然要好好教训教训他！”

李四说道：“你现在这样不正是性子暴躁、喜欢发火的表现吗？张三并没有说错啊，你为什么要对自己的缺点讳莫如深呢？”

「专家解疑」

共事：在一起工作。

大发雷霆：指大发脾气，高声训斥。

踉跄：走路不稳。

讳(huì)莫如深：紧紧隐瞒。

「名师点拨」

这段话对王五的神态和动作进行了非常生动的描写，通过这段描写我们可以看出，王五确实如张三所说，是一个脾气十分火暴的人。

智慧引路

故事中的李四说得是对的，有了缺点不应该忌讳别人说，有则改之，无则加勉，才能不断地完善自己。

惧老休妻

有一个叫陶邱的人住在平原郡，他娶了渤海郡墨台氏的女儿做妻子。这位女子不但容貌十分美丽，而且很有才华，为人温柔贤惠，亲戚邻居没有不羡慕的。陶邱也感到心满意足，一家人过得十分幸福。

「专家解疑」心满意足：非常满足。

一年后，他们养了个儿子，家中更是充满了乐趣。一天，妻子对丈夫说："自从嫁到你家，这一年多我从没回过一次娘家，我很是想念母亲和娘家的人，我们是不是择个日子，回一趟娘家，顺便也把孩子带给他们瞧瞧？"

丈夫想了想，说："也是，应该去见见岳母。"

于是一家三口选了个日子，雇了车马，一路上风尘仆仆到了渤海郡。到了墨台氏妻子家里，娘家人见了女儿、女婿和小外孙都非常高兴，杀鸡宰羊招待。岳母丁氏已是七十多岁的老妇人，自然行动迟缓，步履蹒跚，满脸皱纹交错，说话也不灵巧了。岳母上前见过女婿便回房休息去了。

「名师点拨」这里对岳母丁氏的描写非常细致，从年龄、动作、神态各个方面都做了简单的描述，此处的描写看似无意，却为后文故事的发展埋下了伏笔。

「专家解疑」
诧异：觉得奇怪。
老气横秋：①形容人摆老资格，自以为了不起的样子。②形容人没有朝气，暮气沉沉的样子。

几天后，陶邱带着妻子和儿子回家。一回到家就把妻子休了。

妻子感到十分诧异，便问丈夫："不知我有什么过错，夫君要休我回家？"

丈夫陶邱说："前几天到你家去，见了你母亲真叫我伤心，她年龄老了，满脸老气横秋，德行礼节都不讲了，已不能与过去相比。我担心你老了以后也会变成这副模样，倒不如现在就把你休了。再也没有别的原因了。"

妻子听了，哭笑不得。后来，亲戚和邻居知道了这件事，都骂陶邱愚蠢至极。

智慧引路

这位丈夫实在是庸人自扰，为担心遥远的将来而放弃现实中的美好，这不是太愚蠢了吗？

名家品评

在这一章中讲述的都是关于美丑的故事，从各个故事中我们也懂得了真正的美丑标准。爱美之心人人有之，我们爱美首先爱的是一个人心灵美，而与他的外在是否美丽并无关系。一个人只要心灵美丽就能收获大家的尊重，而如果心灵丑陋，即便外表再美也没人会欣赏。因此，在生活中我们要注重内在的修养，以美好的德行赢得大家的尊重和欣赏。

阅读思考

1.《自食其力好》这篇寓言中那个乞丐是如何自食其力的？

2.《齐人有一妻一妾》中的齐国男子每天都去哪里大吃大喝？

3.《齐王嫁女》中吐为什么不娶齐王的女儿？

4.《楚王好细腰》这则寓言给了我们什么启示？

第四章

智愚篇

在前三章的寓言故事中，分别对生活中的真、善、美进行了热情的歌颂，对那些伪、恶、丑进行了无情的揭露。这一章讲述的是关于智愚的寓言故事，面对恶毒的人、复杂的事，有些人愚昧无知，令人发笑；而有些人则懂得以智取胜，令人佩服；还有一些人表面愚钝，内心却拥有大智慧。那么，喜欢古物的秦士最终是什么下场？望梅为什么会止渴？下面就让我们从故事中去领会什么是“大智若愚”吧。

愿变父亲

「名师点拨」这个富翁不仅放高利贷，逼得别人倾家荡产，还以践踏别人的尊严为乐，这样的人实在可恶，我们绝不能做这样的人，更不能在这种人面前丧失尊严。

从前，有一个坏心眼的富翁，仗着自己有钱，总是想要威风、欺压穷人。谁家跟他借了钱，他总是千方百计地抬高利息，逼得人家倾家荡产。有一次，他忽然觉得光攒钱也没什么意思了，他想瞧一瞧人家在他面前卑躬屈膝、丧失尊严、低声下气到底是什么样子。于是他眼珠一转，想出一个办法来。

富翁派了几个手下的狗腿子把欠了他钱的张老大、王老二、丁老三抓到家里来，说是有话要问。三个穷人站在富翁家那富丽堂皇的大厅里，见这个满肚子坏水的富翁一反常态，笑容可掬，不知道这一回他的葫芦里又要卖什么药，不由得惴惴不安，都低头盯着地面。

富翁装腔作势地说："这次请几位来呢，是因为我体恤大家，知道你们家中实在是穷得揭不开锅了，无钱可还。所以呢，我想了个对大家都好的法子，你们每人对我发一个誓，说说来生怎么还我的债，说得好的，我便不要他还钱。怎么样？这可是你们的好机会啊！"三个穷人一听，知道是富翁又在变着法子侮辱人，这可怎么办呢？

沉默了许久，欠债最少又胆小怕事的张老大战战兢兢地开了口："我愿来生变成一匹马，供您骑坐，来还我这一世欠你的债。"富翁笑眯眯地说："好，好，你就做我骑的马吧。"说着便把张老大的借据烧了。张老大站到一边，松了口气之余羞愧不已。王老二见状也结结巴巴地说："我……我愿来生变牛，帮您……耕田耙地，替您出力，来……来还我欠的钱。"富翁又高兴地点点头，说："很好，很好，你就做我耕田的牛吧。"又将王老二的借据也烧了。王老二当众受了这样的羞辱，脸上红一阵白一阵。

丁老三虽然最穷、欠债最多，但却是个有志气又特别聪明的人。他心中暗想：我们是人，凭什么给有钱人当牛做马，像牲口般地

「专家解疑」

笑容可掬：笑容露出来，好像可以用手捧住，形容笑得明显。

装腔作势：故意做作，装出某种情态。

战战兢（jīng）兢：①形容因害怕而微微发抖的样子。②形容小心谨慎的样子。

「名师点拨」

不论贫穷富贵，人与人之间都是平等的，即便是穷人，在人格上也不能被那些富人轻视，丁老三的想法是正确的，面对这样的人，不但不能屈服，还要机智应对。

被使唤？不行，我不能屈服，要想办法治治他，给我们穷人也争一口气。主意打定，他开口说道："我愿来生变成你父亲来还债。"富翁大怒："好大的胆子，你欠我这么多钱，竟敢口出狂言，占我的便宜，你不想活了！"说着就要命令家丁毒打丁老三。丁老三不慌不忙地说道："慢！我的话是有道理的。我欠你的钱太多，不是当牛做马就可以还清的。所以我情愿来生变成你的父亲，劳苦一生，不顾性命，积成偌大的房产家业，自己不舍得享受，全都留给你受用，这才能还清我所欠你的债啊！"富翁听了哑口无言。

智慧引路

如果我们遇到像富翁这样的人，应该学习丁老三那样不畏强暴，巧妙斗争，维护自己的尊严。

秦士好古

秦朝有个读书人非常喜欢古物，即使价值十分昂贵也一定要求购。

有一天，有人带来了一张破席子。亲自上门对他说："过去鲁哀公向孔子询问国事，就让孔子坐在这张席子上。"他心里非常高兴，认为这席子很古，就用近郊的田地换了它。

过了不久，又有一个人拿了一根旧拐杖来卖，对他说："这是周太王逃难时所用过的拐杖，它比孔子坐过的那席子要早几百年，您用什么来报偿我呢？"

他就把家里所有的资金给了那人。又过了一阵，又有人拿来了一只快腐烂的木碗对这好古的读书人说："那席子和拐杖还不算很古，我这只碗是夏朝时造的，比孔子和周太王时要古得多。"读书人也深信不疑，就把家中所有的东西都给了这人。

三件古物都得到了，可是田地、资金和家产都已失去，无法解决衣食问题。于是，他披上哀公时的破席子，拄着周太王的拐杖，

「人物介绍」
周太王：古公亶父，姬姓，名亶，豳（今陕西旬邑县）人。是周文王的祖父，上古周族领袖。周武王建立周朝时，追谥他为"周太王"。

「名师点拨」
这个读书人为了三个不知真伪的古物而落得倾家荡产的地步，就连乞讨时还说要姜子牙铸造的钱币，讽刺了这个人不顾实际、盲目好古的可笑行为。

拿着夏朝时造的碗，到街上去乞讨，说："哪位做好事的施主啊，如果有姜子牙铸造的钱币的话，请赐一文给我吧！"

「人物介绍」
姜子牙：姜姓，吕氏，名尚，一名望，别号飞熊。辅佐武王伐纣，是西周政治家、军事家。

智慧引路

这个故事告诉人们，盲目好古或者崇洋都是不可取的。如果仅仅为好古而好古，为崇洋而崇洋，不考虑自身的实际需要，就会产生拿着宝物讨饭吃的悲剧。

少见多怪

唐代有一位著名的学者，他喜欢四处游历，考察各地方的风土人情。有一回，他遇到一位来自四川的老先生。这位老先生告诉他说："在我们四川的南部，天气不好，一年四季都是阴雨绵绵，很少有放晴的时候。我们那里的狗也习惯了这种阴雨天。偶尔，遇到太阳出来的时候，狗都以为是一个怪物挂在天上，惊恐万状，就仰天狂叫不已，景象十分有趣。"

这位学者不信，疑惑地说："狗虽然是愚笨的动物，但也还不至于大惊小怪到这种地步吧，您是不是言过其实了呢？"

后来，过了些年，这位学者一路来到了温暖的南方，在那里住了下来。

「专家解疑」
风土：一个地方特有的自然环境（土地、山川、气候、物产等）和风俗、习惯的总称。
大惊小怪：形容对于不足为奇的事情过分惊讶。
言过其实：说话过分，不符合实际。

南方的冬天一点儿也不冷，下雪天更是非常罕见。这位学者赶得也巧，在他来到南方的第二年冬天，天气变得反常起来，比以往的冬天寒冷得多。

寒冷的日子持续了一些时候，到最后竟然下起雪来，而且下得还很大。鹅毛大雪纷纷扬扬地下了好几天，越过了南岭，像一床铺天盖地的大棉絮一样，把南部地区的好几个州都覆盖了起来。

那些天，这几个州的狗都非常惶恐，纷纷狂吠不休，到处胡乱地又跑又蹿，没有静下来的时候。过了些日子，天气晴了，雪也渐渐化了，大地又显露了出来，这些狗才终于又恢复了平静。

看到这种情况，这位学者才真正相信了几年前那位老先生的话。

「好词好句」

罕见

反常

*鹅毛大雪纷纷扬扬地下了好几天，越过了南岭，像一床铺天盖地的大棉絮一样，把南部地区的好几个州都覆盖了起来。

*过了些日子，天气晴了，雪也渐渐化了，大地又显露了出来，这些狗才终于又恢复了平静。

智慧引路

出太阳、下大雪虽然在四川和南方算是比较特殊的气候现象，但这群狗如此又叫又闹、反应强烈，实在是少见多怪。我们在生活和处事中，总会遇上一些不太常见的事，这时候就需要保持冷静、理智的头脑，慢慢适应新生事物，不要做出一些过激的举动。

何姓何国人

「好词好句」
仙风道骨
高雅不俗
*心存四海之间，行迹奇特。
*他看那远帆、白云，心中甚是空旷、超脱。

「人物介绍」
李邕即李北海，也称李括州，字泰和，汉族，鄂州江夏（今湖北武汉武昌区）人。少年即成名，唐代书法家。

「专家解疑」
碑文：刻在碑上的文字；准备刻在碑上或从碑上抄录、拓印的文字。

唐代有一位高僧，法名僧伽。龙朔年间，僧伽常在长江、淮河一带云游，心存四海之间，行迹奇特。

一天，僧伽行至一处河滩，他看那远帆、白云，心中甚是空旷、超脱。正一人不知不觉散步间，迎面走来当地一书生。书生见这位僧人仙风道骨、高雅不俗，便上前与他攀谈。

书生问："敢问高僧，姓何？"

僧伽双手合十，低眉闭眼，回答："僧何姓。"

书生觉得真巧，这位高僧竟然就是姓何。书生接着又问："高僧不知何国人？"

僧伽手捻佛珠，很自然地脱口答道："何国人。"

书生听后，明白了，原来这位僧人姓何，是何国人。

过了几年，僧伽因病逝世，大才子李邕为僧伽写碑文。李邕找来当年曾与僧伽交谈过的那位书生，书生将僧伽所言说给李邕听了，李邕也并未理解高僧对书生所说的话的真正含义，他和书生的理解是一样的。于是，李邕在给僧伽所写传记中这样写道：大师姓何，何国人氏。

这碑文实在有点像对痴人说梦话，不知所云。

智慧引路

僧伽作为出家人，四海为家，也无所谓姓氏、故乡，而大才子李邕竟也只会表面理解、悟不出深意，可见凡夫俗子远远比不上道行高深的出家人，闹出如此笑话，背离原话旨意，最后遗人笑柄。

愚人失袋

从前，有个愚人到京城去参加考试。他所带的钱财就放在一个带锁的皮袋中。愚人十分担心他的财物会被人偷去，于是便将皮袋的钥匙系在自己的腰带上，从不离身。他想只要钥匙还在，人家便开不了皮袋，也就没什么可怕的了。于是他对皮袋看得不那么严了。

「名师点拨」装钱的皮袋虽然上了锁，但它的材质毕竟是皮的，根本都用不着钥匙，只要用刀子就可以割开。这个人给皮袋上了锁就掉以轻心，真是愚蠢。

果然有一天，愚人取钱的时候发现皮袋没有了，怎么也找不到，看来是让人给偷走了。他的朋友很为愚人着急，劝他说：“快去报官吧，不然晚了，就是抓到小偷，只怕你的钱也追不回来了。”愚人却表现出一副满不在乎的样子：“我都不急，你急什么呢？告诉你吧，贼人虽然把我的皮袋偷去了，但他却没法儿用我里面的东西。”看着朋友一脸惊奇的样子，愚人笑了。他得意扬扬地掀开衣襟，从腰间解下钥匙在朋友眼前晃了晃说：“幸亏我想得周到，一天到晚都把皮袋的钥匙拴在腰带上，贼人没法儿偷走。

「专家解疑」满不在乎：完全不放在心上。

既然他得不到我的钥匙，光偷个皮袋去，他用什么来把我的皮袋打开呢？”

「名师点拨」这个愚人直到皮袋被人偷去，还是没醒悟过来，真是个榆木疙瘩，引人发笑。

智慧引路

我们不能盲目地自我麻痹，安于现状，否则就会遭受损失。

打蚊伤父

从前有个人，他以替人家把衣服染上色为生。这个人谢顶谢得早，头发已经全都掉光了，一颗秃头锃亮锃亮的。

「专家解疑」锃（zèng）亮：形态词。形容反光发亮。

有一天，这个人带着儿子一起，拿上已经染好的衣服，来到河边，开始洗衣服。辛苦劳动了一上午，衣服总算洗完了，父子俩就收拾东西准备回家。

时值盛夏，又到了中午，天气酷热难当，知了也一个劲儿地叫唤着。染衣人干了很久的活，觉得手也酸了，脚也麻了，身子也乏了，腰也疼痛起来，再加上暑热，他大汗淋漓，汗珠顺着他的眉毛、鼻尖、胡子往下滴，身上的衣服也早就湿透了。于是，他便就近在河边找了一棵枝叶茂盛的大树，枕着用来装衣服的袋子躺在树荫下，如此，果然凉爽多了，染衣人感到十分舒服、惬意。时间不长，就听到染衣人的鼾声了。

「好词好句」
大汗淋漓
惬意
*时值盛夏，又到了中午，天气酷热难当，知了也一个劲儿地叫唤着。
*于是，他便就近在河边找了一棵枝叶茂盛的大树，枕着用来装衣服的袋子躺在树荫下，如此，果然凉爽多了，染衣人感到十分舒服、惬意。

夏天正是蚊子肆虐的时候，染衣人睡得正香，一只蚊子飞了过来，叮在他的秃头上面，津津有味地吸他的血。

他的儿子很爱自己的父亲，是个孝顺的年轻人。这会儿，他看到蚊子叮在父亲头上，不禁非常生气。他用手指着蚊子狠狠骂道："你这个下贱的坏蛋，竟然敢吸我父亲的血！你等着，我一定要好好教训你！"

「名师点拨」这个人本来是为了让父亲睡得更加香甜才要拍死蚊子的，然而小小的蚊子只要用手一拍就死了，这人却要用大木棒打它，结果却打死了父亲，真是愚蠢又可悲。

他先准备用手去拍打蚊子，又转念一想：手拍实在太轻，不能这么便宜了蚊子！这样寻思着，他走过去把洗衣服用的大木棒拿来，照准父亲头上的蚊子，抡起棒子，狠命地一棒子打了过去。

结果蚊子马上飞走了，没有被打中，而他的父亲却被当场打死了。

智慧引路

我们在解决问题的时候，并不是方法越强硬越好，而应该根据不同的问题采取不同的方法。如果我们像寓言中的这个主人公一样愚蠢，那么，最后受到伤害的只能是自己。

乘凉避露

盛夏时节，酷暑难耐。太阳像个大火炉般挂在天上，无情地炙烤着大地，人们的衣衫都汗湿了一遍又一遍。树上的知了扯开

嗓子拼命叫着："热啊！热啊！"让本来就热得不行的人们心中更添了几许烦躁。

有个郑国人，他家的院子里有一棵大树。于是他就卷了草席、带着蒲扇到树荫下面去乘凉。从早到晚，太阳慢慢地移动，树影也跟着移动。郑国人发现了这个现象，也就跟着树影不停地挪动他的席子，好总是处在树影中，以免被太阳晒到。

随着太阳渐渐居中、偏西，树影由远及近，又由近及远，到了傍晚太阳落山的时候，树影又重新到了树底下，那个郑国人也就跟着回到了树底下。

夜幕降临了，月亮升上了天空，又在树下投下了一片阴影，郑国人又出来乘凉了。

他想，晚上有露水，要是被露水沾湿了衣服可怎么办呢？接着又转念道：不怕，还用白天的老办法，肯定不会有问题的。

于是，树影紧随着月亮的移动而移动，郑国人则紧随着树影的移动来挪动他的席子，满以为这个可以用来躲避太阳的妙法子也一样可以用来躲避露水。可是却没料到，他和树影一起移动得越来越远了。一夜下来，他的衣服和席子都被露水湿透了。

「好词好句」

由远及近

由近及远

*树上的知了扯开嗓子拼命叫着："热啊！热啊！"让本来就热得不行的人们心中更添了几许烦躁。

「专家解疑」

露：凝结在地面或靠近地面的物体表面上的水珠。是接近地面的空气温度逐渐下降（仍高于0℃）时，使所含水汽达到饱和后形成的。通称露水。

智慧引路

这个愚蠢的郑国人，没有想到太阳和月亮运行的方向是相反的，就生搬硬套白天的老经验。我们可不能学他，要做到具体情况具体对待，才能真正解决好问题。

智斗小偷

「专家解疑」
矛：古代兵器，在长杆的一端装有青铜或铁制成的枪头。

「好词好句」
佩服
顾忌
*一杆长矛到了他手里，舞起来就像一条银蛇般上下翻飞，让人眼花缭乱。
*两人这一见面，就好比炸弹碰到了火苗，一点就爆，就是想躲开也已经来不及了。

濠州定远县有一个弓箭手，他是使用长矛的能手。一杆长矛到了他手里，舞起来就像一条银蛇般上下翻飞，让人眼花缭乱，远近少有对手，大家都很佩服他。

有个小偷也非常善于使长矛，普通的官军都打不过他，捉拿了几次都让他逃掉了。于是小偷很看不起官军，不过对那位弓箭手他还是有所顾忌，认为他还能与自己争个高下。他常常跟人家说："如果我见到这位弓箭手，一定要和他决一死战，看看我俩到底谁的本领好。"

凑巧，有一天，弓箭手到一个村子里去办事，路过集市，正遇到小偷在集市上喝酒。两人这一见面，就好比炸弹碰到了火苗，一点就爆，就是想躲开也已经来不及了。于是两人就在集市上挺起长矛决斗起来。

附近的人们听说这两大使矛高手要决斗，便纷纷赶来观看，围成了一堵厚厚的人墙。

大家你一言我一语地议论着，有的说只怕这次小偷还是能跑

掉，有的说弓箭手应该可以胜过小偷，一时间大伙儿都瞧不出个输赢来。

弓箭手和小偷你来我往地大战了几百个回合，真是不相上下，谁也赢不了谁。

几个时辰过去了，双方还在鏖战，体力都已渐渐不支，使矛的速度、力量大大不如刚开始决斗时。

弓箭手满脸是汗，他一边躲开小偷刺过来的长矛一边暗暗焦急：这样下去，谁都不占优势，到最后只会两败俱伤，弄不好自己万一有点闪失，就会让小偷又逃掉。可是要战胜他，又不是马上就可以办到的事，怎么办呢？难道就这样拖下去吗？

在这紧要关头，弓箭手急中生智，想出了一条计策。他高声对小偷叫道：“喂，武官来了，你和我都是身强力壮的人，你敢跟我在武官的马前决一死战吗？”

小偷听了愣了一下神，随口答道：“行。”

可是刀枪对决，哪里容得半分疏忽！就在小偷略一分神的工夫，弓箭手挺矛直向他刺去，一下子就要了他的性命。

弓箭手钻了小偷的空子，保全了自己的安全，也赢得了决斗的胜利。

「专家解疑」

不相上下：分不出高低，形容数量、程度差不多。

鏖（áo）战：激烈地战斗；苦战。

急中生智：在紧急中想出好的应付办法。

「名师点拨」

弓箭手和小偷的武艺不相上下，但是通过弓箭手和小偷在紧要关头的反应可知，在决斗中，不仅要看决斗双方的武艺高低，各自的心理素质、智慧也很重要，甚至可能是制胜的关键。

智慧引路

我们做事情单靠勇猛和力量不能达到目的时，不要一味地蛮干，要开动脑筋想办法，用智慧取胜。

善解疙瘩

鲁国有一个乡下人，送给宋元君两个用绳子结成的疙瘩，并说希望能有解开疙瘩的人。

于是，宋元君向全国下令说：“凡是聪明的、有技巧的人，都来解这两个疙瘩。”

宋元君的命令引来了国内的能工巧匠和许多脑瓜子灵活的人。他们纷纷进宫解这两个疙瘩，可是却没有一个人能够解开。他们只好摇摇头，无可奈何地离去。

「专家解疑」无可奈何：没有办法；没有办法可想。

有一个叫倪说的人，不但学识丰富、智慧非凡，就连他的弟子，也很了不起。他的一个弟子对老师说：“让我前去一试，行吗？”

倪说信任地点点头，示意他去。

「名师点拨」通过师父的反应可知，师父对于他的这个弟子非常信任，相信他一定可以解开这个疙瘩，从侧面表现了这个弟子的聪明过人。

这个弟子拜见宋元君，宋元君叫左右拿出绳疙瘩让他解。只见他将两个疙瘩打量一番，拿起其中一个，双手飞快地翻动，终于将疙瘩解开了。周围观看的人发出一片叫好声，宋元君也十分欣赏他的聪明才干。

第二个疙瘩还摆在案上没动静。宋元君示意倪说的这个弟子继续解第二个疙瘩。可是这个弟子十分肯定地说："不是我不能解开这个疙瘩，而是这疙瘩本来就是一个解不开的死结。"

「专家解疑」将信将疑：有些相信，又有些怀疑。

宋元君将信将疑，于是派人找来了那个鲁国人，把倪说弟子的答案说给他听。那个鲁国人听了，十分惊讶地说："妙呀！的确是这样的，摆在案上的这个疙瘩是个没法解的疙瘩。这是我亲手编制出来的，它没法解开，这一点，只有我知道，而倪说的弟子没有亲眼见我编制这个疙瘩，却能看出它是一个无法解开的死结，说明他的智慧是远远超过我的。"

「名师点拨」通过鲁国人的话可知，这个疙瘩确实是个解不开的死结，倪说的弟子只看一眼，不用尝试就知道这个疙瘩解不开，可见他非常聪慧，令人十分佩服。

智慧引路

用分析的眼光，区别对待不同性质的事物，这样才能绕过障碍，抓住关键，克服困难，顺利地解开自己工作中一个又一个的"疙瘩"，同时也要注意从实际出发，避免死钻牛角尖。

兰子献技

古代，人们将那些身怀绝技、云游四方的人叫"兰子"。宋国有一个走江湖卖艺的兰子，他凭着所怀绝技求见宋王宋元君，以期得到宋元君的重用。宋元君接见了他，并让他当众表演技艺。

只见这个兰子用两根比身体长一倍的木棍绑在小腿上，边走边跑，同时手里还要弄着七把宝剑。他一边用右手接连地向空中抛出宝剑，一边用左手准确无误地去接不断落下的剑。七把明晃晃的宝剑在他手上从左到右有条不紊地轮番而过，而空中则总有五把宝剑像一个轮回的光圈那样飘然飞舞。宋元君看了这令人眼花缭乱的绝技，非常吃惊，他连声喝彩道："妙！妙！"旁边围观的人也无不拍手叫绝。宋元君十分开心，马上叫人赏给这个卖艺人金银玉帛。

「名师点拨」在描写这个兰子的技艺时，通过对兰子令人眼花缭乱的表演和众人欣赏表演时的反应，从正反两方面突出他技艺的高超。

不久，又有一个会要"燕戏"的兰子，听说了宋元君赏赐耍剑艺人金银的事，便前去求见宋元君。这一回，宋元君不但毫无兴趣，而且大怒说："先前那个有绝技的人来求见我，正好碰上我心情好，虽然他的技艺毫无用处，但是我仍然赏了他金银玉帛。今天这个兰子一定是听说了那件事才来求我看他表演的。这不明摆着是为贪财而献技，希望向我讨赏的吗？这种人实在可气！"

「名师点拨」同样是身怀绝技的兰子，宋元君前后两次的对待大不相同，其原因并非是后一个兰子技不如人，而仅仅是因为宋元君上次的心情有所不同。凭自己的心情决定赏罚，足见宋元君的昏庸。

于是宋元君命人把那个会"燕戏"的兰子抓了起来。宋元君本来打算杀了那个人，后来又觉得他并无什么大罪过，只把他关了一个月就放了。

智慧引路

一个只凭自己的喜怒来决定人的价值的昏君，在处理国家大事上必定是没有原则的。如果凭一件偶然的事情，就以为他“识才”，那也是愚蠢的。

三人同屋

有这么三个人，性情、爱好各不相同，又同住在一间屋子里，常常为一些小事情而争论不休。一天，甲从外面回来，由于在外面赶路便觉得燥热，一进门便嚷着屋里太闷、太热，随手将门窗全都打开了。乙在家待了一天，哪里也没去，正觉浑身寒冷，便责怪甲不该打开门窗。两个人互不相让，一个要开，一个要关，一个说闷，一个说冷，为此闹了好半天。丙从外面回来，一听甲、乙各自的说法，心里便清楚是怎么一回事了，可是甲和乙都认为丙这个人天性愚笨，因此根本听不进去丙的劝解，都认为只有自己才是对的。

「名师点拨」其实开不开窗户本来就不是什么大事，两个人彼此忍让一下，多站在对方的角度上考虑一下就不会产生矛盾和争端了。我们在生活中千万不能因为一点儿小事就与人争论不休。

又一次，乙从集市买回一个纸糊的灯笼，一进门便遭到甲的反对，甲责怪乙没买绸罩的灯笼，绸罩的灯笼又好看又高贵；乙则说纸糊的灯笼点亮后一样漂亮，价钱却要比绸灯笼便宜好多。甲说纸灯笼便宜但不如绸灯笼耐用；乙说买一个绸灯笼可买十个纸灯笼。甲说宁买一个绸灯笼也不要十个纸灯笼；乙说十个纸灯笼可变换花色品种……丙夹在两人中间，一会儿劝甲，一会儿劝乙，可是依然不能使甲和乙停止争吵。

甲和乙在争吵时总是强调自己的理由，只注意自己对的一面，却看不到自己的偏激。而丙虽然比甲、乙要笨一些，但由于他没有参与争吵，所以他能较客观地看问题，判断谁是谁非。

「专家解疑」
偏激：（意见、主张等)过火。
举棋不定：比喻做事犹豫不决(棋：棋子)。

智慧引路

我们平时处世待人，不能像甲和乙那样，固执己见，主观偏激，而应像丙那样，客观冷静，这样我们才能明辨是非。

望梅止渴

东汉末年，天下大乱。为了统一天下，平定不服从统治的诸侯，丞相曹操长年领兵讨伐诸侯。

这年，曹操准备讨伐张绣，可是又怕袁绍乘虚攻打许都；想攻打袁绍，又有张绣、刘表牵制，所以左思右想，举棋不定。这时谋士郭嘉献计：“主公不如命徐州刘备为左将军，吕布为车骑将军，然后下旨让二人北拒袁绍，主公再率兵南伐张绣、刘表。”曹操说：“好计，就按奉孝说的办。”

「名师点拨」
在曹操举棋不定之时，幸好有明智的谋士献计献策才能够实现霸业。可见英明的领导不仅要智慧过人，更重要的是要有识人之明。

于是，曹操统兵十五万讨伐张绣。时值盛夏三伏天，骄阳似火，天干气燥，行军路上都是荒山野岭，远离水源，找不到一滴水。兵士们个个都渴得有气无力、垂头丧气的，队伍渐渐七零八落，行军速度越来越慢。

曹操骑在马上，看到这种情景，心中忧虑，皱着眉头，忽然心生一计。只听他拿令旗指着前方说："将士们，坚持一会儿，再往前面走一段路，就有一大片梅子林，绿油油的树上结满了青梅，又甜又酸，吃到嘴里可以解渴。快点走啊！"

「名师点拨」将士们听到曹操说前方有青梅，"腮帮都酸了，嘴里立刻涌出了唾沫"。这是因为梅是酸的，而且人对于酸的条件反射所做的器官反应就是分泌唾液，起到暂时性的止渴作用。

兵士们一听，腮帮子都酸了，嘴里立刻涌出了唾沫，顿时个个精神抖擞，走得飞快，及时到达了战场。

智慧引路

人不能永远靠"望梅"来"止渴"，正如空想暂时可以安慰人心，但终究不能代替现实一般。

焚庐灭鼠

越西地方有个男子，独自一个人过活。他用芦苇和茅草盖起了小屋住在里面，又开垦了一小块荒地，用自己的双手种了些庄稼，打下粮食来养活自己。时间久了以后，豆子、稻谷、盐和奶

「专家解疑」开垦：把荒地开辟成可以种植的土地。

荒地：没有开垦或没有耕种的土地。

「专家解疑」
自给（jǐ）：依靠自己的生产满足自己的需要。
逍遥：没有什么拘束，自由自在。

酪等东西都可以自给自足，不用依赖任何人了。他每天下地耕作，闲的时候就出去走走，日子过得倒也逍遥自在。

可是有一件事却让他发愁，那就是老鼠成灾。也不知道是从哪里来的一帮老鼠，日子不长便成倍成倍地增长。白天，它们成群结队地在屋里跑来跑去，在房梁间上蹿下跳地吱吱乱叫，打坏了不少东西。到了夜里，老鼠闹腾得更欢了，它们钻进食橱、跳上桌子、跑进箱子里，见东西就咬，咬破了好些衣服和器具，偷吃了东西不算，还把吃不完的拖回洞里去慢慢享用。这“咔嚓咔嚓”地一闹常常就是一整夜，吵得这个男子觉也睡不好，白天下地都没有精神。他想了好多办法来治鼠，用药啦，下夹子啦，都试遍了，可就是没有一个特别有效的法子。这位男子对老鼠越来越烦，火气越来越大，苦恼极了。

「名师点拨」
整段话都在讲这名男子深受鼠害的折磨，他的忍耐力几乎已经到了极点，这就为后文他做出“焚庐灭鼠”的荒唐事做了铺垫。

有一天，这个男子喝醉了酒，困得要命。他踉踉跄跄地回到家里，打算好好睡上一觉。可是他的头刚刚挨上枕头，就听见老鼠“吱吱”的叫声。他实在困了，不想和老鼠计较，就用被子包上头，翻个身继续睡。可老鼠却不肯轻易罢休，竟钻进被子里张嘴啃起来。这男子用力拍了几下被子，指望把老鼠赶跑再睡。果然安静了一会儿，可他忽然闻到一股叫人恶心的腥臊味，一摸枕边，竟然是一摊鼠尿！被老鼠这么变着法子一折腾，他再也忍受不下去了，一股怒气直冲头顶。借着酒劲，他翻身下床，取了火把四处烧老鼠，房子原本是茅草盖的，一点就着，火势迅速蔓延开来。

「名师点拨」
因为老鼠的“折腾”，因为一时“怒气”，居然放火烧房，其结果肯定是得不偿失的，即便再生气也不能失去理智。

老鼠被烧得四处奔跑。火越烧越大，老鼠终于全给烧死了，可屋子也同时被烧毁了。

第二天，这男子酒醒后，才发现什么都没有了。他茫然自失，无家可归，后悔也来不及了。

「专家解疑」
茫然：①完全不知道的样子。②失意的样子。

智慧引路

遇事一定要冷静分析，想个周全的法子去解决。若凭一时的冲动蛮干，只会得不偿失。

愚人食盐

从前，有一个愚不可及的人，到朋友家去做客。主人热情地款待他，请他吃饭。可是他尝了几样菜肴以后，都觉得味道太淡，不好吃，难以下咽。

主人闻过即改，立刻在菜里加上一些盐，请他再尝。果然，这些菜加了盐之后，味道十分鲜美，顿使他的食欲大增。为此，愚人在私下里暗自琢磨：“这些菜在没放盐时，淡而无味；后来只是因为加了一点点盐，就变得这么可口耐嚼。如果我能多吃些盐，那味道不就会更好了吗？”

于是，这个愚蠢的人在回到家里以后，就什么东西也不吃，

「名师点拨」
盐只是我们烹饪食物时的调味品，放上适量的盐可以使食物美味可口，但是食物才是提供我们人体所需之物，不吃食物而只吃盐，这种做法真是太过愚蠢了。

一天到晚总是空着肚子拼命地吃盐。这样一来，他不仅没能吃出鲜美的味道，反而把正常的胃口也吃坏了。美味的盐最终竟成了他的祸害。

「专家解疑」
祸害：①祸事。②引起灾难的人或事物。③损害；损坏。

智慧引路

这个故事告诉人们，做任何事情都要有一个限度，恰到好处时美妙无比，一旦过了头就会走向反面，哪怕是好事也会弄得很糟。真理再向前跨越一步，就变成了谬误。

「好词好句」
忙忙碌碌
格外
*冰雪融化了，太阳温暖地照着大地，农夫也因此像田地里的禾苗一样焕发了生机。
*暖融融的阳光照在农夫身上，他感到有一种说不出的温暖和舒服，简直像到了云里雾里一样，他觉得晒太阳取暖简直是世间独一无二的享受。

农夫献曝

从前，宋国有个农夫，家里很穷，一年到头、从早到晚在田地里忙忙碌碌地劳动，从来不曾出过远门。他既不知道世上的富人过的是怎样的生活，也从未见过本乡以外的世界是个什么样子。

因为家里十分贫穷，这个农夫经常穿着乱麻编织的衣服，艰难地熬过严寒的冬天。好不容易春天来了，冰雪融化了，太阳温暖地照着大地，农夫也因此像田地里的禾苗一样焕发了生机。

有一天，天气格外晴朗，没有一丝风。农夫在田地里干了半晌，觉得有些劳累，便坐在田埂上休息晒太阳。暖融融的阳光照在农夫身上，他感到有一种说不出的温暖和舒服，简直像到了云里雾里一样，他觉得晒太阳取暖简直是世间独一无二的享受。他全然不知道世界上还有暖和的高楼大厦、豪宅深院，也不知道有温软的丝绵袍子和贵重的狐皮大衣。

可怜的农夫回过头对妻子说："晒太阳的暖和，真是舒服极了，世上只怕还没有什么人知道这种好处。我们如果把晒太阳取暖的舒服享受献给国君，一定会得到一笔重赏。你看怎么样？"

「名师点拨」太阳东升西落，是大自然的规律，只要太阳出来，每个人都会享受到温暖的阳光，又怎么会不知道"这种好处"呢？这个可怜的农夫真是一个"井底之蛙"啊。

农夫的妻子觉得丈夫说得有道理，也同意去向国君敬献晒太阳的办法。于是夫妻俩抛下田间的农活回家，打算去献计领赏。可惜的是，这夫妻二人不但没有一件像样的衣服，甚至连出门进城的路怎么走都不知道。

智慧引路

有些人被见识所局限，常常以为自己觉得了不起的事情，别人也都会认为了不起，其实他们自以为了不起的事，可能往往都是尽人皆知的微不足道的小事。

桑中李树

从前有一个人出门，带了一些李子路上吃。他一路走一路津津有味地嚼着李子，一会儿就吃完了，只剩下几个李子核。把李子核扔到哪里去呢？这人一抬头，见旁边几步路远的地方有一棵桑树，不知道因为什么原因，树干上有一个大洞，里面已经空了。于是他就把李子核顺手扔进了树洞里。想了想，又弄来些泥土填进树洞将李子核种上。

「名师点拨」这个人一时好玩将李子核种在了桑树洞中，这究竟会引出一个怎样引人发笑的故事呢？作者在这里设置了一个大大的悬念，引导读者继续往下阅读。

他这样做倒也并不是为了种出李子来，只是一时好玩罢了，种完就走了，也没当成一回事。日子一长，他也慢慢地把这事给忘了。

再说那被种下的李子核，天下雨时便得到了雨水的滋润，在树上栖息的鸟儿拉的粪便成了天然的肥料，时间长了，竟真的发出芽来，长成了一棵李树。有人见到桑树里长出了李树，觉得很神奇，就把这怪事告诉了周围的人。

有个害眼病的人听说了，认为这棵李树可能是一棵神树，就拄着拐杖探索着来到李树下，向它许愿说：“李树啊，您如果能保佑我的眼疾消除，我就献给您一头小猪。”他一说完，就觉得眼睛疼得没那么厉害了。

「名师点拨」那时候的人大多都很迷信，碰到难以理解的事情就会往神仙鬼怪这方面联想，而且对于这种迷信之说都不加考察就信以为真，真是愚蠢啊。

又过了些天，他的眼睛竟慢慢变好了。他高兴极了，逢人就说：“桑树里长出的那棵李树治好了我的眼睛，果真是一棵神树啊！”然后又准备了小猪，叫人敲锣打鼓地抬到李树下去还愿，附近的人都来看热闹，大家都知道了这棵李树是神树。

就这样，“神树”的事一传十、十传百，很快远近的人就都知道了，而且越传越神：“那棵李树能让瞎子重见光明呢！”“那棵李树可以医好百病呢……”人们都带着祭品慕名而来，祭拜这棵“神树”，希望它保佑自己。

过了一年多，当年那个种李树的人又经过这里，听说了“神树”的事，又见到大家争相祭拜它的盛况，就到树边去看个究竟。这一看不要紧，他不禁哑然失笑：“这棵树是我一年前种下的呀，有什么神奇的呢？”

「专家解疑」
慕名：仰慕别人的名气。
祭拜：祭祀礼拜。
盛况：盛大热烈的情景或场面。
足智多谋：智谋很多，形容善于料事和用计。

智慧引路

我们遇到非同一般的现象，不要盲从轻信，要以冷静的头脑仔细分析推测，做出科学的解释。

大鹏与焦冥

晏子是齐国有名的贤相。晏子很有学问，足智多谋，善于讽喻又敢于直谏，他经常跟齐王一起议论国家大事或谈论学问。

有一天，齐景公和晏子坐在一起聊天。齐景公问晏子说：“天下有极大的东西吗？”晏子回答说：“有哇，大王想要我说给您听吗？”齐景公说：“我想知道天底下最大的生灵是什么？”

「人物介绍」
齐景公：姜姓，吕氏，名杵臼，春秋时期齐国君主。公元前547~前490年在位。

晏子说：“在北方的大海上，有个叫大鹏的鸟，它的脚游动在云彩之中，背部高耸入青天，而尾巴则横卧在天边。大鹏在北

「名师点拨」晏子在介绍大鹏和焦冥时，分别以天地和蚊子为参照物，大鹏头尾在天地之间可见其体型之大，焦冥可以在蚊子眼睫毛上筑巢可见其体态之小。采用这样的描写方法十分形象生动。

海中跳跃着啄食，它的头和尾就充塞在天和地之间。它的两个宽大的翅膀一伸展，就无边无际看不到尽头。”

齐景公惊奇地说：“真是不可想象！不可想象！那么，天下有没有极小的生灵呢？”

晏子回答说：“当然有。东海边有一种小虫，它小到可以在蚊子的眼睫毛上筑巢。这种小虫子在巢里一代一代地繁衍生息。它们经常在蚊子的眼皮底下飞来飞去，可是蚊子连丝毫的感觉也没有。”

齐景公说：“太妙了，我从来没有听说过这种新奇的事，那是什么虫子呀？”

晏子说：“我也不知道它确切的名字叫什么，只听说东海边有些渔民称这种虫子为‘焦冥’。”

「哲理名言」世界之大，真是无奇不有啊！

齐景公十分感慨地说：“世界之大，真是无奇不有啊！”

智慧引路

大鹏和焦冥，是先人们想象中的极大和极小的生灵。宇宙中物质的存在和运动，形式是极其复杂、多样的，因此，我们对世界的认识和对知识的追求也是永无止境的。

笨人捞豆

在隋朝时候有个人，他用大车拉了一车黑豆上京城去卖。这个人吃力地拉着车走啊走啊，到了灞头，他一不小心踏上了一个土坷垃被绊了一跤。这下子不好了，他身后的车也失去了平衡，翻倒在地。那满满一车黑豆也全部被倒进了水里。他从地上爬起来，看着水里的黑豆发愁了：这么多豆，一个人要捞到什么时候啊！想了一会儿，他决定回家去，叫家里人来帮他一块儿捞豆子。于是他不再多考虑，撇下车和豆子就走了。

这人刚一走，灞头上的人议论开了："他这一去还不知什么时候回来呢，这么多豆让水冲走了多可惜，不如我们拿回去吧。"于是大家一起动手，吵吵嚷嚷地捞豆子，不一会儿就全给捞走了，一颗也没留下。

不久以后，那个运豆的人回到了翻车的地方。水里有上千只蝌蚪在追逐嬉戏。这人以为这就是他的豆子，想要下水去捞出来。刚一下去，蝌蚪知道有人来了，瞬间就全都游散了。这个人奇怪极了，呆呆地站了半天，怎么也想不明白。他叹着气自言自语地说："黑豆啊黑豆，就算你不认识我了，离开我跑开了，我怎么会不认识你了呢？——怎么你忽然间就多出了一条尾巴！"

「名师点拨」
这些豆子不是掉在了地上，而是掉进了水里，而水是不停地流动着的，这个人却要回家去找人帮忙，等他回来，这些豆子也就所剩无几了。为了避免损失，就近找人帮忙才是最好的办法。

「专家解疑」
蝌蚪：蛙、蟾蜍或鲵、蝾螈等两栖动物的幼体，黑色，椭圆形，像小鱼，有鳃和尾巴。生活在水中，用尾巴运动，逐渐发育生出四肢。蛙、蟾蜍的蝌蚪在发育中尾巴逐渐变短而消失。

智慧引路

这个笨人判断事物总是想当然，却不根据事实来做科学的分析，自然也就无法知道事情的真相。这样办事情当然是不能成功的。

放屁文章

有一个秀才，读了不少书，要是能把这才学全用在正道上那该多好！可他偏偏是个刁秀才，仗着自己知道些典故，又伶牙俐齿、能言善辩，便专去管些是非，帮人打官司，收取很多钱财。因此，乡里很多人都吃过他的亏，受过他的气。

「专家解疑」典故：诗文等所引用的古书中的故事或词句。

怨声载道：怨恨的声音充满道路，形容民众普遍不满。

这秀才帮人诡辩打官司的事情干多了，乡民们怨声载道，县官也很是嫌恶他。终于有一次，县官忍无可忍了，决定要想办法给这刁秀才一点儿颜色看看，看他以后还敢不敢再生事坑人了。

县官想了想，心里有了主意。

「名师点拨」县官说的话不仅是对这个秀才的训斥，也是对所有读书人的一个警醒：要把心思放在读书上，而不是利用所学生事坑人。

县官派了几个衙役去把秀才叫来。秀才大摇大摆地走上大堂，他心想，凭自己的三寸不烂之舌，还会有什么应付不了的呢？

可是县官却并不跟他辩论，而是正色说道：“作为一个读书人，关门闭户苦读诗书才是本分，你却总是出入衙门，干些生事坑人的事，这样看来，你这么久不写文章，想必已经生疏了，今天本官就出个题目来考考你，看你文章做得怎么样。”说完，也不管秀才什么反应，县官沉思片刻，就说了个题目叫秀才写。

这一下，秀才可傻了眼了，他一直都忙着帮人打官司捞钱，哪里有时间温习文章。可是不写，又怕县官责罚，唉，糟了，糟了！好长时间过去了，秀才还是两手摸白卷，两眼望青天，急得额头直冒汗，一个字也想不出来。县官心里暗笑：这回难住你了吧，看你还得意不得意！

情急之下，秀才高声叫起来："太宗师出的题目太难了，实在不好写，求您再出个题目，要是还做不出文章来的话，太宗师愿意怎么惩罚我都可以！"

县官想了一想，答应了。他正思量着再出个什么题的时候，忽然放了一个屁，他不由得灵机一动，对秀才说："你就以放屁为题做一篇文章吧。"秀才诚惶诚恐地答应了。

不一会儿，秀才便有了词了。他又神气起来，只见他拿腔捏调地吟诵道："伏惟太宗师高耸金臀，洪宣宝屁，依稀乎丝竹之音，仿佛乎麝兰之气，生员立于下风，不胜馨香之至。"

县官听了，大笑不止：这个刁秀才，正事不会干，拍马屁倒挺有一套。于是开口说道："这个秀才，正经的好文章不会做，放屁的坏文章偏做得这么好。本县衙门东街，有个万人粪坑，他既喜闻那馨香之气，且就叫衙役们守着他在粪坑边站着，赏他多闻一闻，免得他又去替人打官司，劳神费力多不好！"

「好词好句」

沉思

诚惶诚恐

*好长时间过去了，秀才还是两手摸白卷，两眼望青天，急得额头直冒汗，一个字也想不出来。

*这个刁秀才，正事不会干，拍马屁倒挺有一套。

「名师点拨」

县官只是放了个屁，这个秀才却说好听又好闻，有"丝竹之音""麝兰之气"，这样溜须拍马的言辞真是可笑。

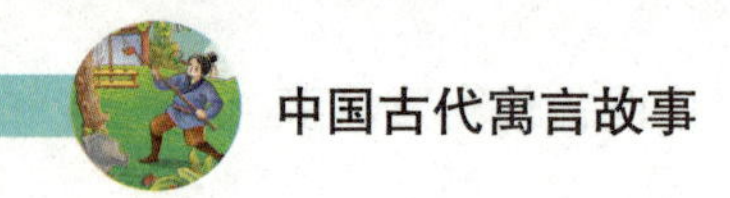

智慧引路

从这则寓言故事中，我们应该知道的是：我们做事只要做好自己分内的事就可以了，若是倚仗自己的才学到处害人，最后食到恶果的人一定是自己。

望洋兴叹

绵绵秋雨不停地落下，百川的水都流入黄河。水势之大，竟漫过了黄河两岸的沙洲和高地。河面也被水涨得越来越宽阔，已经看不清对岸的牛马了。河神见状欢欣鼓舞，他自我陶醉，以为天下美景已尽收自己的流域。

「专家解疑」
沙洲：江河、湖泊或浅海里由泥沙淤积成的陆地。
陶醉：很满意地沉浸在某种境界或思想活动中。

河神得意扬扬顺流东下，到达大海。朝东望去一

片汪洋，看不见边际，这使他顿时大吃一惊，一扫扬扬自得的神情。他眺望无边的海神，不禁大发感慨：“俗话说的真是好，只有见识短浅的人，才认为自己高明。这说的正是我这类的人啊！”

「哲理名言」只有见识短浅的人，才认为自己高明。

一番反思，河神想到曾有人说过，即使是孔子的见闻与学识也还是有限的；伯夷的高尚品德也没能达到顶点。

「名师点拨」从河神的反思中我们可以看出，河神虽然之前因为见识短浅而扬扬得意，但是他在看到比自己辽阔的海神后能及时发现自己的浅薄，也是值得我们学习的。

那时我并不相信这样的评价。今天我看到坦荡无垠的海神如此浩瀚广博，一望无际。在事实面前我才明白这话讲得对。要不，我的所作所为定会被深明大义的贤者所笑话。

听完河神的一番自省，海神开口了。

「哲理名言」见识浅的人孤陋寡闻，受教育有限，不会听懂大道理。

他说：“井里的青蛙由于受自身居住环境的限制，不可以同它讲大海；夏天的昆虫受季节的局限，不可以同它说冬天；见识浅的人孤陋寡闻，受教育有限，不会听懂大道理。现今，你河神走出河流两岸，眺望大海，开阔了眼界，知道自己渺小浅薄，才能同你谈谈大道理。”

智慧引路

世界是无限的，人们对世界的认识也是无止境的。知道少的人，往往以为自己不知道的也少；知道多的人，才会懂得自己不知道的也多。自我满足是知识浅薄、眼光短浅造成的。

一鸣惊人

「人物介绍」楚庄王：又称荆庄王，芈姓，熊氏，春秋时期楚国国君，公元前613~前591年在位。

春秋五霸之一的楚庄王，曾为楚国的发展建立过显赫的功业。

楚庄王为了观察朝野动态，也为了让别国对他放松警惕，当政三年，没有发布一项政令，在处理朝政方面没有任何作为，百

官都为楚国的前途担忧。但楚庄王仍然不理朝政，昼夜游戏，猜谜作乐，不听臣子的意见，并扬言：有敢进谏的，处以死刑。

看到这种状况，有个叫成分贾的人决定冒死进宫规劝楚庄王。楚庄王对成分贾说："你知道，我是不准谁提意见的，你现在为什么不怕死来提意见呢？"

「专家解疑」
规劝：郑重地劝告，使改正错误。
酝酿：造酒的发酵过程，比喻做准备工作，如事先考虑、商量、相互协调等。

成分贾说："我来，不是给您提意见的，我只是想来跟大王一起凑趣解闷，猜猜谜语玩儿。"

楚庄王说："既然这样，那你说个谜我猜。"

成分贾说："好哇。"于是他给楚庄王说了一个谜语："有一只大鸟，停留在南方的一座山上，整三年了，它不动、不飞，也不叫。大王您说，这是只什么鸟呢？"

楚庄王稍作思考，便胸有成竹地说："这只大鸟停在南方的大山上，整整三年没有动，目的是在坚定自己的思想和意志；它三年不飞，是在积蓄力量使自己羽翼丰满；它三年不叫，是在静观势态，体察民情，酝酿声威。这只鸟尽管三年来一直没飞，可是一旦展翅腾飞必将冲天直上；尽管它三年来一直不叫，可是一旦鸣叫起来，必定会声震四方，惊世骇俗。成分贾先生，你放心吧，你的用意，我已经猜中了。"

「名师点拨」
如果你不能主宰自己的欲望，那么，你最好远离那些令你迷惑的对象。并非滔滔不绝才能显示出自己的本事，那些平时不露声色、大智若愚的人在关键时刻却能做出惊人之举。

成分贾惊喜地点点头，欣然离去。

第二天，楚庄王上朝处理国事。他根据三年来的明察暗访、调查研究和对大臣们政绩的考察情况，提拔了五位忠诚能干的大

「专家解疑」
罢免：选民或代表机关撤销他们所选出的人员的职务；免去（官职）。

臣，罢免了十个奸猾无能的大臣。楚庄王的决定和处事的魄力，使文武百官大为佩服，因此大家都十分高兴。楚国的老百姓也都奔走相告，庆幸有了一位贤君。

智慧引路

有大智慧的人并不急着表现自己，他们往往先蓄足了底蕴，成竹在胸，一旦时机成熟，便会一鸣惊人。

名家品评

这一章中讲述的都是关于智愚的故事，每个故事的主人公都展现出他们或智慧或愚昧的一面。我们为那些愚昧无知、不懂变通感到悲哀；同时也对那些遇事沉着冷静，能够以智取胜之人佩服不已。在生活中，我们也要做一个智者，要懂得以无穷的智慧来应对一切或恶毒之人或复杂之事。

阅读思考

1. 僧伽是姓何，何国人氏吗？
2. 望梅为什么可以止渴？
3. 先人们想象中的极大和极小的生灵分别是什么？
4. 从《放屁文章》这篇寓言中我们可以学到什么道理？

第五章

福祸篇

上一章中我们讲述了关于智愚的故事，这一章中我们将讲述关于福祸的故事。在现实生活中，我们每个人都渴望幸福而躲避灾祸，只是追求幸福和躲避灾祸的方法很多人都不了解。后羿是传说中著名的神射手，平时射起箭来百发百中，是什么原因让他大失水准了呢？他的故事给我们什么启发？那我们不妨就从下面的故事中去学习如何“趋福避祸”吧。

后羿射箭

「专家解疑」

百步穿杨：春秋时期楚国养由基善于射箭，能在一百步以外射中杨柳的叶子（见于《战国策·西周策》）后用“百步穿杨”形容箭法或枪法非常高明。

从前有一位神射手，名叫后羿。他练就了一身百步穿杨的好本领，立射、跪射、骑射样样精通，而且箭箭都射中靶心，从来没有失过手。人们争相传颂他高超的射技，对他非常敬佩。

夏王也从左右的嘴里听说了这位神射手的本领，也目睹过后羿的表演，十分欣赏他的功夫。

有一天，夏王想把后羿召入宫中来单独为他一个人表演一番，好尽情领略他那炉火纯青的射技。

于是，夏王命人把后羿找来，带他到御花园里找了个开阔地带，叫人拿来了一块一尺见方、靶心直径大约一寸的兽皮箭靶，用手指着箭靶说："今天请您来，是想请您展示一下您精湛的本领，这个箭靶就是您的目标。为了使这次表演不至于因为没有竞争而沉闷乏味，我来给您定个赏罚规则，如果射中了的话，我就赏赐您黄金万两；如果射不中，那就要削减您一千户的封地。现在请您开始吧。"

后羿听了夏王的话，一言不发，面色变得凝重起来。他慢慢走到离箭靶一百步的地方，脚步显得相当沉重。然后，后羿取出一支箭搭上弓弦，摆好姿势拉开弓开始瞄准。

想到自己这一箭出去可能发生的结果，一向镇定的后羿呼吸变得急促起来，拉弓的手也微微发抖，瞄了几次都没有把箭射出去。

后羿终于下定决心松开了弦，箭应声而出，"啪"地一下钉在离靶心足有几寸远的地方。后羿脸色一下子白了，他再次弯弓搭箭，精神却更加不集中了，射出的箭也偏得更加离谱。

后羿收拾弓箭，勉强赔笑向夏王告辞，悻悻地离开了王宫。夏王在失望的同时掩饰不住心头的疑惑，就问手下道："这个神箭手后羿平时射起箭来百发百中，为什么今天跟他定下了赏罚规则，他就大失水准了呢？"

「专家解疑」

炉火纯青：相传道家炼丹，到炉子里的火发出纯青色的火焰的时候，就算成功了。比喻学问、技术等达到了纯熟完美的地步。

封地：奴隶社会或封建社会君主分封给诸侯或诸侯再向下分封的土地。

「名师点拨」

听到夏王的话，后羿变得面色凝重、脚步沉重、呼吸急促、手微微发抖，通过这些神态和动作描写可以看出后羿此时非常紧张。

手下解释说："后羿平日射箭，不过是一般练习，在一颗平常心之下，水平自然可以正常发挥。可是今天他射出的成绩直接关系到他的切身利益，叫他怎能静下心来充分施展技术呢？看来一个人只有真正把赏罚置之度外，才能成为当之无愧的神箭手啊！"

「哲理名言」在一颗平常心之下，水平自然可以正常发挥。

「专家解疑」置之度外：放在考虑之外，指不把生死、利害等放在心上。

智慧引路

从后羿的身上，我们应该吸取教训，面临任何情况时都应尽量保持平常心。

和氏之璧

楚国有一个人叫卞和，他是一个家道中落的贵族，在一个偶然的机会中，他得到了一块未经雕琢的玉石，他欣喜若狂，便拿去献给楚厉王。

厉王叫玉匠来鉴别，可是鉴定玉石的玉匠说："这不是玉石，只是一块普通的石头。"

楚厉王大怒，认为他犯了欺君之罪，便下令砍去了卞和的左脚。

过了没多长时间，厉王驾崩，武王即位。于是，卞和又把那块玉石拿去献给武王。武王同样也叫玉匠来鉴别，玉匠仍说那是一块石头，而不是玉石。于是武王又砍去了卞和的右脚。

「名师点拨」卞和因为献玉，被砍去了左脚，但是他却依然相信自己的判断，在武王即位后再次去献玉，这种坚持值得我们学习。

「名师点拨」
卞和分别向厉王和武王两位君主献玉都没得到重视，还被砍去双脚，现在两位君主相继去世，他想起自己的宝玉仍被当作石头，自己的忠诚仍被当作欺诈，因此伤心不已。

不久，武王也死了，文王即位。卞和捧着那块玉石，坐在荆山脚下哭泣，一连哭了三天，把眼泪也哭干了，血从眼睛里流了出来。

文王听说，叫人去问卞和："天下被砍掉脚的人很多，你为什么哭得这么伤心呢？"

卞和回答说："我不是为了失去双脚而哭的，而是觉得把宝玉当作石头，把忠诚说成欺诈，因此痛心哭泣！"

文王就叫玉匠把卞和献的那块玉石凿开来观察，发现果然是一块宝玉。这块玉石，后来就叫作"和氏璧"。

智慧引路

选拔人才必须要有慎重和细致的态度。

「人物介绍」
墨子：名翟（dí），东周春秋末期战国初期河南鲁山人，曾担任宋国大夫。他是墨家学派创始人及主要代表人物，也是著名的思想家、教育家、科学家、军事家。

染丝的联想

墨子在经过一家染坊时，看见工匠们将雪白的丝织品分别放进热气腾腾的染缸里，浸泡良久后取出，在晾晒时就变成不同颜色的织物了。工匠们工作得十分辛苦而认真。

墨子仔细地观察了染丝的全过程后，顿有所悟，不觉长叹一声，自言自语地说："本来都是雪白的丝织品，而今放到青色颜料的

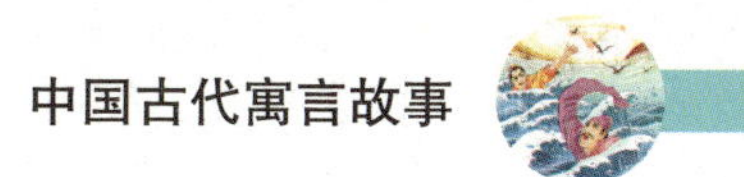

染缸里浸泡后就变成了青色，放到黄色颜料的染缸里浸泡后就变成了黄色。所用的颜料不同，染出来的颜色也随之不同。如果我们将白丝先后放到五种不同颜色的染缸里各染一遍，它就会改变五次颜色了。如此看来，染丝的时候，人们就不能不谨慎从事啊。”

接着，墨子又从染丝的原理引申开去，进一步产生联想，从而深深地感到，其实在人世间，不仅是染丝与染缸的颜料有关，即使是一个人、一个国家，不也存在着一个会染上什么颜色的问题吗？

智慧引路

对于一个不懂任何人情世故的青少年来说，一定要牢记“近朱者赤，近墨者黑”这一不变的道理，择善而从。只有这样青少年才能更健康地成长。

扁鹊施换心术

「人物介绍」
扁鹊：姓秦，名缓，字越人，尊称扁鹊，号卢医，是战国时著名医学家。他医术高明，擅长各科，遍游各地行医，奠定了中医学切脉诊断方法，是中国古代五大医学家之首。

鲁国的公扈、赵国的齐婴两人生病之后，一道去请神医扁鹊为其诊治。在扁鹊的精心调理之下，他俩的病没用多少时间就痊愈了。可是，扁鹊却对公扈和齐婴说：“你们俩以往所求治的病，都是病邪从体外侵入体内的五脏六腑所致，因此只需用药物和针灸治疗便能解决问题。这几天我发现你们身上还潜伏着一种病，那是从娘胎里带出来，并随同你们身体的发育而一道生长的。这种病很危险，我愿意再给你们治一下，你们觉得怎么样？”

公扈和齐婴回答道：“我们想听听这种病有些什么症状，然后再作决定。”

于是，扁鹊先对公扈说：“你有远大的抱负，又善于思考问题，遇事能有很多的办法，但遗憾的是气质较为柔弱，在关键时刻往往优柔寡断，犹豫不决，坐失良机。”

「专家解疑」
优柔寡断：办事迟疑，没有决断。

接着，他又转向齐婴：“那么你呢？则正好与公扈相反。你对未来缺乏长远的打算，思想比较简单，然而气质却很刚强，为人处世少用心计，却喜欢独断专行。”最后，扁鹊对他俩说：“现在如果让我将你们的心来个互换，你们就都可以变得完美无缺了。”

公扈和齐婴听了扁鹊的分析之后，都愿意接受换心手术。

于是，扁鹊让他们二人分别喝下一种麻醉药酒，致使昏迷三天不醒。在这期间，扁鹊便将二人的胸腔打开，取出心来，交换安放。手术完毕之后，又在伤口处敷上神药，等他们苏醒过来后，仍如术前一样健康强壮。他们一同辞谢了扁鹊之后，就各自回家了。

可是，由于心已互换，结果公扈就回到了齐婴的家，而齐婴则回到了公扈的家。这两家的老婆、孩子都不认识回家的人，于是都发生了争吵。公扈和齐婴无计可施，只好请扁鹊出面解释。扁鹊就把事情的原委告诉了这两家人，这才使争吵得以平息。

「专家解疑」
独断专行：行事专断，不考虑别人的意见。也说独断独行。

「名师点拨」
扁鹊不仅成功地给公扈和齐婴二人换了心，而且换完心后他们二人依然像以前一样健康，没有一点儿损害，可见扁鹊的医术之高。

智慧引路

从这个寓言中我们可以知道：一个人不可能只有长处或者短处，只有善于取他人之长、补自己之短的人，才能更加趋向完美。

穿井得一人

春秋时期的宋国，地处中原腹地，缺少江河湖泽，而且干旱少雨。农民种植的作物，主要靠井水浇灌。

当时有一户姓丁的农家，种了一些旱地。因为他家的地里没有水井，浇起地来全靠马拉驴驮，从很远的河汊取水，所以经常要派一个人住在地头用茅草搭的窝棚里，一天到晚专门干这种提水、运水和浇地的农活。日子一久，在这家人中，凡是住过庄稼地、成天取水浇地的人都感到有些劳累和厌倦。

丁氏与家人商议之后，决定打一口水井来解决这个困扰他们多年的灌溉难题。虽然只是开挖一口十多米深、直径不到一米的水井，但是在地下掘土、取土和进行井壁加固并不是一件容易的事。丁氏一家人起早摸黑，辛辛苦苦干了半个多月才把水井打成。第一次取水的那一天，丁氏家的人像过节一样。当丁氏从井里提起第一桶水时，他们全家人欢天喜地，高兴得合不拢嘴。从此以后，他们家再也用不着总是派一个人风餐露宿、为运水浇地而劳苦奔波了。丁氏逢人便说：“我家里打了一口井，还得了一个人哩！”

村里的人听了丁氏的话以后，有向他道喜的，也有因无关其痛痒并不在意的。然而谁也没有留意是谁把丁氏打井的事掐头去尾地传了出去，说：“丁家在打井的时候从地底下挖出了一个人！”

「专家解疑」

河汊（chà）：大河旁出的小河。也叫河汊子。

风餐露（lù）宿：形容旅途或野外生活的艰苦。也说露宿风餐、餐风宿露。

「好词好句」

劳苦奔波

掐头去尾

*第一次取水的那一天，丁氏家的人像过节一样。

*当丁氏从井里提起第一桶水时，他们全家人欢天喜地，高兴得合不拢嘴。

以致一个小小的宋国被这耸人听闻的谣传搞得沸沸扬扬，连宋王也被惊动了。宋王想："假如真是从地底下挖出来了一个活人，那不是神仙便是妖精。非打听个水落石出才行。"为了查明事实真相，宋王特地派人去问丁氏。丁氏回答说："我家打的那口井给浇地带来了很大方便。过去总要派一个人常年在外搞农田灌溉，现在可以不用了，从此家里多了一个干活的人手，但这个人并不是从井里挖出来的。"

「专家解疑」
耸（sǒng）人听闻：使人听了非常震惊。
沸沸扬扬：状态词。像沸腾的水一样喧闹，多形容议论纷纷。

智慧引路

什么事情在没有经过调查研究，弄清最后的真相之前。一定不要轻信流言，以讹传讹，造成视听混乱。

人为财死

永州地方的人都很会游泳。有一天，江水暴涨。有五六个人划着一只小木船横渡湘江，船到中流，被激浪打翻，大家都落入了水里，拼命地向岸边游去。

其中有一位汉子在这些人当中的游泳水平是最高的，可是所有人都快到岸上了，只见他使出全身气力，也游不了几尺远。

同伴奇怪地问他："平日你最会游水，怎么今天落到后面了？"

「名师点拨」
上文说到永州的人都很会游泳，而这个汉子又是其中游泳水平最高的，此时却游得很慢，巨大的反差引起读者的好奇心，激发阅读兴趣。

他喘着粗气回答："我腰上缠着一千枚大钱，重得很，所以游不动啦。"

同伴说："怎么还不丢掉呢？"他不回答，只是摇着头。

不一会儿，他更加游不动了。已经上岸的同伴对他大声呼叫说："你好愚蠢，你被金钱迷得太深了。命都顾不上，还要钱干什么？"他翻着白眼，还是摇着头。

最后，冒了几个气泡，他沉下水底淹死了。

「名师点拨」
这个人明明游泳技术很高却因为不忍舍弃钱财而带着沉重的钱币逃命，真是把钱看得比命还重要，这种视财如命的做法真是太愚蠢了。

智慧引路

一味地贪财好利的人，最后得到的结果可能就会是灭顶之灾，不可能会有什么好的下场。

阳谷的愚忠

有一次，楚军与晋军在鄢陵交战，双方龙争虎斗，直杀得天昏地暗。楚国的国君楚恭王也亲自率兵参加了这场血战，一连几天相持不下，激战中，楚恭王身负重伤，只好鸣金收兵，暂回营中。

「专家解疑」
龙争虎斗：形容双方势均力敌，斗争激烈。

楚王的大将军司马子反，在前线奋战，又累又渴，一回到营帐就直嚷着要喝水。子反有个叫阳谷的仆人，平时对主人一向忠心耿耿、百般爱护，此刻一见主人这般模样，赶紧搬来一坛酒，

「名师点拨」
阳谷知道主人爱喝酒就不论现在正是在前线打仗就给主人拿酒喝，这种忠诚不过是一种愚忠；而子反作为楚国的大将军，也不论眼前形势，见了酒就忘了自己的职责，没有丝毫自律。

让子反解渴，并用汗巾一个劲地替子反擦汗。司马子反这个人向来嗜酒如命，见了酒便什么都忘了，拿起酒杯便不醉不休。这次自然也不例外，一喝上酒，哪里还顾得上眼下正大敌当前，军营帐外，叫战声声。子反一杯接一杯喝了个一醉方休，直至醉倒床上。

休战半日，楚恭王准备重新开战，迎击晋军。恭王派人去司马子反帐中催他出战，不料子反正醉意沉沉，睡在床上鼾声大作，哪里还能起床打仗。于是仆人阳谷又对来人说子反胸口痛，不能出战。

恭王听说大将在这紧急关头病了，十分着急，便亲自到子反帐中探望。楚恭王刚一进帐就闻到一股浓烈的酒味，顿时气得脸色发紫。恭王指着睡在床上的子反大声喝道："今日之战，关系重大，寡人亲自出战，身受重伤，指挥全军就完全靠你了，谁知你在这紧要关头竟敢胡来，这不是存心要让楚国亡国吗？像你这样置国家利益于不顾的嗜酒之徒，还能再率兵打仗吗？罢！罢！罢！这仗不能打了！"

「专家解疑」
紧要：紧急重要；要紧。
不知所措：不知道怎么办才好，形容受窘或发急。

楚恭王没有办法，只好命令撤军回朝。子反的仆人阳谷后悔得不知所措，求恭王原谅子反，自己愿替子反顶罪。恭王冷笑道："你作为仆人，一味地只知道娇宠自己的主人，你的罪过也不轻。子反作为国家大将，误了国家大事，你顶替得了吗？"

楚恭王回朝后，按军法将司马子反斩首示众，以戒众人。子反的仆人阳谷从此离开楚国，不知去向。

智慧引路

在这个寓言中，虽然仆人阳谷是爱护主人、对主人忠诚的人，但是他不计后果的爱护，最后导致了他的主人被杀。由此可见，这种不讲原则、不顾后果的爱真是害人不浅。

粤人成仙

粤地有个人，素来笃信神仙。他一天到晚**朝思暮想**的，就是修成正果，成仙升天，简直到了痴迷的地步。可是要想成仙，有什么门道呢？粤人想不出好办法，很是苦恼。他想，成仙的人是少得很，但我这样诚心，老天怎么还不选中我呢？

踏破铁鞋无觅处，得来全不费工夫。粤人偶然从一本书中得知，有一种仙草，名叫**灵芝**，长得像蘑菇，颜色美丽，吃了它就可以成仙。粤人高兴极了，就天天不辞劳苦地上山去四处搜寻，希望能在那多得数不清的植物中发现灵芝。

终于有一天，粤人照例上山寻找灵芝，翻山越岭，疲惫不堪。正坐在一块大石头上休息，他忽然看到不远处的一个烂树桩上生着一个大蘑菇，这蘑菇有箱子那么大，叶子有九层，颜色就像金子一样光彩四射。“呀，这就是灵芝吧，没想到真让我得到了，看来我是和神仙有缘哪！”粤人忘了疲劳，三步并作两步奔过去

「专家解疑」

朝思暮想：形容时刻想念。

灵芝：真菌的一种，菌盖肾脏形，赤褐色或暗紫色，有环纹，并有光泽。可入药，有滋补作用。我国古代用来象征祥瑞。

「哲理名言」

踏破铁鞋无觅处，得来全不费工夫。

「名师点拨」这个毒蘑菇是山中非常常见的种类，这个粤人理应认识，但是他现在却被想要成仙的想法冲昏了头脑，把毒药当作仙药，真是可悲。

把蘑菇采了下来带回家去。这蘑菇其实并不是什么灵芝，只是山中常见的毒蘑菇，可粤人一心只想成仙，连这点常识都忘了。

回到家里，粤人郑重地对妻子说：“快看，这就是人们所说的神奇的灵芝了，吃了它就可以成仙。我听说成仙一定要有缘分，老天是不肯随便让人成仙的。可是你看，这么难得到的东西都让我得到了，我一定是个有缘之人，很快就会成仙了！”于是粤人斋戒了三天，还天天沐浴、焚香，彻底清洁自己，以示对神仙的虔诚。三天之后，粤人恭恭敬敬地捧出蘑菇，将它煮熟。他兴奋地想：“马上要成仙了！”夹起一大块蘑菇就往口里送。这一吃可糟了，他马上感到腹痛难忍，肠子好像要断掉一样。他倒在地上滚了几滚，就气绝而亡了。

「专家解疑」无所事事：没有什么事可做，指闲着什么事也不干。

执迷不悟：坚持错误而不觉悟。

粤人的儿子听到这边有动静，忙过来看看情况。他平时受粤人的影响很深，也是一心想做神仙，整天无所事事地做白日梦。这会儿，他见到父亲死了，想了想对母亲说：“我听说成仙的人，一定要脱去人的形骸。人就是为形骸所累所以才成不了仙。现在，我的父亲已经脱去他的形骸成仙了，这不是死。”说完，他便去吃那剩下的蘑菇，很快便走了父亲的老路，中毒死了。可是粤人家里其他的人还是对成仙执迷不悟，不假思索地又去争吃蘑菇，结果无一例外地全都被毒死了。

智慧引路

若是想过上好日子，不能只是想要靠运气或者什么，而应当靠自己踏踏实实的劳动才能使得这一愿望实现。

塞翁失马

从前，有位老汉住在与胡人相邻的边塞地区，来来往往的过客都尊称他为“塞翁”。塞翁生性豁达，为人处世的方法与众不同。

有一天，塞翁家的马不知什么原因，在放牧时竟迷了路，回不来了。邻居们得知这一消息以后，纷纷表示惋惜。可是塞翁却不以为意，他反而释怀地劝慰大伙儿：“丢了马，当然是件坏事，但谁知道它会不会带来好的结果呢？”

「名师点拨」通过塞翁与其邻居对于丢马这件事的态度的对比可知，塞翁的确是一个生性豁达，看问题的角度与众不同的人。

果然，没过几个月，那匹迷途的老马又从塞外跑了回来，并且还带回了一匹胡人骑的骏马。于是，邻居们又一齐来向塞翁贺喜，并夸他在丢马时有远见。然而，这时的塞翁却忧心忡忡地说：“唉，谁知道这件事会不会给我带来灾祸呢？”

「名师点拨」塞翁的马失而复得还带回一匹，但是塞翁也不是盲目乐观的人，这个时候他又表现出他人所没有的担忧。可见塞翁的与众不同。

塞翁家平添了一匹胡人骑的骏马，使他的儿子喜不自禁，于是就天天骑马兜风，乐此不疲。终于有一天，儿子因得意而忘形，竟从飞驰的马背上掉了下来，摔伤了一条腿，造成了终生残疾。善良的邻居们闻讯后，赶紧前来慰问，而塞翁却还是那句老话：“谁知道它会不会带来好的结果呢？”

又过了一年，胡人大举入侵中原，边塞形势骤然吃紧，身强力壮的青年都被征去当了兵，结果十有八九都在战场上送了命。而塞翁的儿子因为是个跛腿，免服兵役，所以他们父子得以避免了这场生离死别的灾难。

「名师点拨」塞翁和他的儿子再次因祸得福，由此可见，福祸总是相依的，不能因为一件好事就得意忘形，也不能因为一件坏事就垂头丧气，要以一颗豁达的心来面对得失。

智慧引路

凡事都有好有坏，就像寓言中的故事一样，在一定的条件下，坏事可以引出好的结果，好事也可能会引出坏的结果。

乐不思蜀

三国时期，魏、蜀、吴三个国家各据一方，征战不休，争夺霸主的统治地位。其中，刘备管辖割据的地方称为蜀。

「人物介绍」刘备：字玄德，东汉末年幽州涿郡涿县（今河北涿州）人，三国时期蜀汉开国皇帝。他宽厚、知人、百折不挠，是著名的政治家。

刘备依靠诸葛亮、关羽、张飞等一批能干的文臣武将打下了江山，他死后将王位传给了儿子刘禅。临终前，刘备嘱咐诸葛亮辅佐刘禅治理蜀国。

刘禅是一位非常无能的君主，什么也不懂，什么也不做，整天就知道吃喝玩乐，将政事都交给诸葛亮去处理。

「专家解疑」呕心沥血：形容费尽心血。

诸葛亮在世的时候，呕心沥血地使蜀国维持着与魏、吴鼎立的地位；诸葛亮去世后，由姜维辅佐刘禅，蜀国的国力迅速走起了下坡路。

一次，魏国大军侵入蜀国，一路势如破竹。姜维抵挡不住，终于失败。刘禅惊慌不已，一点儿继续战斗的信心和勇气都没有，为了保命，他赤着上身、反绑双臂，叫人捧着玉玺，出宫投降，做了魏国的俘虏。同时跟他一块儿做了俘虏的还有一大批蜀国的臣子。

投降以后，魏王把刘禅他们接到魏国的京都去居住，还是使他和以前一样养尊处优，为了笼络人心，还封他为安乐公。

司马昭虽然知道刘禅无能，但对他还是有点怀疑，怕他表面上装成很顺从，暗地里存着东山再起的野心，有意要试一试他。

有一次，他请刘禅来喝酒，席间，叫人为刘禅表演蜀地乐舞。跟随刘禅的蜀国人看了都触景生情，难过得直掉眼泪。

司马昭看看刘禅，见他正咧着嘴看得高兴，就故意问他："你想不想故乡呢？"刘禅随口说："这里很快乐，我并不想念蜀国。"

散席后，刘禅的近臣教他说，"下次司马昭再这样问，主公应该痛哭流涕地说：'蜀地是我的家乡，我没有一天不想念那里。'这样也许会感动司马昭，让他放我们回去呀！"

果然不久，司马昭又问到这个问题，刘禅就装着悲痛的样子，照这话说了一遍，但又挤不出眼泪来，只好闭着眼睛。

司马昭忍住笑问他："这话是人家教你的吧？"刘禅睁开眼睛，

「专家解疑」
势如破竹：形势像劈竹子一样，劈开上端之后，底下的都随着刀刃分开了，形容节节胜利，毫无阻碍。
养尊处优：生活在尊贵、优裕的环境中（多含贬义）。

「名师点拨」
通过蜀国的臣子和刘禅在欣赏蜀地乐舞时的不同反应可以看出，刘禅贪图安逸，国家在他手中衰败，不仅不伤心难过，还甘心当俘虏，继续养尊处优，真是太无能了。

吃惊地说：“是呀，正是人家教我的，你是怎么知道的？”

司马昭明白刘禅确实是个胸无大志的人，就不再防备他了。

智慧引路

刘禅的这种乐不思蜀的思想是不值得我们学习的。在我们的生活中，我们一定要坚持自己的理想，严格要求自己，志存高远，为了我们的理想不懈地奋斗。

两人一心

越国人甲父史和公石师各有所长。甲父史善于计谋，但处事很不果断；公石师处事果断，却缺少心计，常犯疏忽大意的错误。因为这两个人交情很好，所以他们经常取长补短，合谋共事。他们虽然是两个人，但好像只有一条心。这两个人无论一起去干什么，总是心想事成。

「专家解疑」
疏忽：粗心大意；忽略。
各行其是：各自按照自己以为对的去做。

后来，他们在一些小事上发生了冲突，吵完架后就分开了。当他们各行其是的时候，都在自己的政务中屡获败绩。

一个叫密须奋的人对此感到十分痛心。他哭着规劝两人说：“你们听说过海里的水母没有？它没有眼睛，靠虾来带路，而虾则分享着水母的食物。这二者互相依存、缺一不可。我们再看一看琐（王吉）吧！它是一种带有螺壳的共栖动物，寄生蟹把它的腹部当作巢穴。琐（王吉）饥饿了，靠螃蟹出去觅食。螃蟹回来以后，琐（王吉）因吃到了食物而饱，螃蟹因有了巢穴而安。这又是一个谁也离不开谁的例子。让我们再看一个例子，不知你们听说过蟨鼠没有。它前足短，善求食而不善行。可是邛（qióng）邛岠（jù）虚则四足高、善走路而不善求食。平时邛邛岠虚靠蟨鼠提供的甘草生活；一旦遭遇劫难，邛邛岠虚则背着蟨鼠逃跑。它们也是互相依赖的。恐怕你们还没有见过双方不能分开的另一典型

「名师点拨」
密须奋列举的都是自然界中互利共生的例子，互利共生的两种生物生活在一起，彼此有利，两者分开以后双方的生活都要受到很大影响，甚至不能生活而死亡。

例子，那就是西域的二头鸟。这种鸟有两个头，共长在一个身子上，但是彼此嫉妒、互不相容。两个鸟头饥饿起来互相啄咬，其中的一个睡着了，另一个就往它嘴里塞毒草。如果睡梦中的鸟头咽下了毒草，两个鸟头就会一起死去。它们谁也不能从分裂中得到好处。下面我再举一个人类的例子。北方有一种肩并肩长在一起的‘比肩人’。他们轮流着吃喝、交替着看东西，死一个则全死，同样是二者不可分离。现在你们两人与这种‘比肩人’非常相似。你们和‘比肩人’的区别仅仅在于，‘比肩人’是通过形体，而你们是通过事业联系在一起的。既然你们独自处事时连连失败，为什么还不和好呢？”

「哲理名言」谁也不能从分裂中得到好处。

「名师点拨」密须奋分别从正面和反面的例子来劝解甲父史和公石师，告诉他们互利共生的重要性及强行分开的后果，比喻说明，非常贴切，因此得到两人的认可。

甲父史和公石师听了密须奋的劝解，对视着会意地说：“要不是密须奋这番道理讲得好，我们还会单枪匹马受更多的挫折！”于是，两人言归于好，重新在一起合作共事。

智慧引路

生物界中各种个体的能力是非常有限的，在争生存、求发展的斗争中，只有坚持团结合作、取长补短，才能赢得胜利。

不知趣的猎狗

艾子喜好打猎，那骑在马上追逐鸟兽的感觉真是痛快极了。为了打猎的爱好，艾子养了一条非常善于抓兔子的猎狗和一头机警敏捷的猎鹰。每次外出打猎，艾子都带上他的猎狗和猎鹰。凡是捕到兔子，艾子就必定掏出兔子的心肝给猎狗吃。因而，每次一捉到兔子，猎狗也就总是摇着长尾巴，竖起一双前腿，不停地上下跳跃，等着艾子喂它吃兔子的心肝。

「名师点拨」从这句话中可以看出，艾子养猎狗和猎鹰的目的是为了让它们帮助自己抓猎物，只有抓到猎物才有赏。

一天，艾子又外出打猎，山上兔子很少，转悠了大半天还未发现一只兔子，猎狗的肚子已饿得咕咕直叫。正在这时，艾子忽然看见有两只兔子从草丛中跳跃出来，向林中一片灌木丛跑去，艾子放出猎鹰去追捕兔子。两只兔子敏捷地在灌木丛中乱跳乱窜，猎鹰上下腾飞追捕。这时，猎狗也飞跑过来，对准兔子一头猛扑过去，不料，正好误咬住了猎鹰。结果，猎鹰被咬死了，那两只兔子却乘机逃走了。

「专家解疑」灌木：矮小而丛生，没有明显主干的木本植物，如荆、玫瑰、茉莉等。

沾沾自喜：形容自以为很好而得意的样子。

等到艾子跑上前来，见此情景，十分伤心。他把死猎鹰拿在手里，又是懊悔又是气愤，不觉掉下泪来。正在这时，猎狗又像从前那样，竖起它的一双前爪，摇着尾巴，在艾子面前腾上落下，摇头摆尾，沾沾自喜地像立了大功似的看着艾子，等待艾子喂它吃心肝呢。

「名师点拨」这只猎狗并没有意识到自己闯了祸，还摇头摆尾地向主人讨要兔子的心肝，所以艾子说它是“不识趣”的。

艾子瞪着猎狗，气不打一处来，他大声斥骂道：“你这不知趣的狗，干了坏事，还好意思来邀功领赏哩！”

智慧引路

在我们的生活中，其实有很多人和这猎狗是非常相似的。他们也是自己明明做错了事，不但没有自知之明，反而还自以为是地希望得到优厚的报酬。

眼前与将来

「专家解疑」郑重其事：形容对待事情非常严肃认真。

「名师点拨」作为一国之君，在做任何决策时，首先想到的都应该是百姓的利益存亡，通过艾子的反问，很明显可以看出，齐王在打算修筑城墙的时候，并没有把百姓放在第一位。

有一天，齐王上朝的时候，郑重其事地对大臣们说：“我国地处几个强国之间，军务防备的问题，年年都要搞。这次我想来个大的行动，彻底解决问题。”

谋臣艾子上前问道：“不知大王有何打算？”

齐王说：“我要抽调大批壮丁，沿国境线修起一道长长的城墙。这道城墙东起大海，西经太行，连起上武关，绵延4000里，同各个强国隔绝开来。从此，秦国无法窥伺我西部，楚国难以威胁我南边，韩国、魏国不敢牵制我左右。你们说，这不是一件很伟大、很有价值的事吗？”

艾子说：“大王，这样大的工程，百姓们能承受得了吗？”

齐王说："是的，百姓筑城的确要吃很多苦头，但这样做能从此减少战争带来的灾难，这一劳永逸的事，谁会不拥护呢？"

「专家解疑」
一劳永逸：辛苦一次，把事情办好，以后就不再费事了。
朝不保夕：保得住早上，不一定保得住晚上，形容情况危急。也说朝不虑夕。

艾子沉吟片刻，认真而恳切地对齐王说，"昨天一大早，天下起了大雪，我在赶赴早朝的途中，看见道旁躺着一个人，他光着身子，都快要冻僵了，却仰望着老天唱赞歌。

我十分奇怪，便问他为什么这样做，他回答说：'老天爷这场雪下得真好啊，可以料到明年麦子大丰收，人们可以吃到廉价的麦子了。可是，明年却离我太遥远，眼下我就要被冻死了！'大王，臣以为，这件事正像您今天说的筑城墙，老百姓眼下正生活得朝不保夕，哪能奢望将来有什么大福呢？他们还不知道能不能等到修好城墙的那一天，享受永逸的将会是什么人呢！"

齐王无言以对。

智慧引路

无论我们要做什么事情，都要将来、当前统筹兼顾，切实可行。否则，再美好的打算也只是流于幻想。

痴心妄想

有个城里人非常贫穷，每天都过着吃了上顿不知道下顿的生活。即使是这样，他还是不愿意脚踏实地地干活，一天到晚做着发财的梦。

一天，他出去的时候偶然在草堆里拾到一个鸡蛋，这下他简直大喜过望，兴冲冲地奔回去，还没进门就大叫："我有家产了，我有家产了！"妻子忙问："家产在什么地方？"他小心翼翼地拿出拾来的鸡蛋给妻子看，说："喏，这个就是。只不过必须等到十年之后，家产才能有呢。"

于是，他便和妻子商量说："我拿这个鸡蛋去找邻居，借他家正在抱窝的母鸡孵它。等小鸡孵出来，我从中挑个母鸡。小鸡长大后可以下蛋，一个月又可以孵出十五只鸡。两年之内，鸡生蛋，蛋生鸡，这样可以得到三百只鸡，三百只鸡能够换来十金。我用这十金可以买来五头母牛，母牛又生母牛，三年以后可以得到二十五头母牛。母牛生下的小母牛，又可以再生母牛，再过三年又可以得到一百五十头牛，这样，又可以换得三百金了。我拿着这三百金去放高利贷，三年之中又可以得五百金。这五百金中，用三分之二买田产、房屋，用三分之一买僮仆、小妾，我便可以与你一起快乐自在地度过晚年了，这不是很快活的事吗？"

「名师点拨」生活艰难的时候更应该脚踏实地地去改变自己的境遇，一天到晚地做白日梦，自己的生活状况不但不会改变，甚至还会变得更糟。

「专家解疑」大喜过望：结果比原来希望得更好，因而感到特别高兴。

高利贷：索取特别高的利息的贷款。

「名师点拨」只是拾到一个鸡蛋这个人就开始幻想富裕起来的生活，还描绘得有声有色，这种不切实际的幻想是没有一点意义的，只有脚踏实地劳动才会真正地实现发家致富的理想。

妻子开始还好，听到最后几句话，不由得勃然大怒：“什么，你还敢买小妾！”一下子气不打一处来，趁着丈夫不注意，扑过去一下把鸡蛋打碎了，说：“那就不要留下这个祸根！”

丈夫一看鸡蛋和梦想一起被打碎了，气极了，取过鞭子狠狠地抽打妻子。打完了还不解气，又到衙门去告状，说：“这个恶妇，偌大的家业败得一文不剩，我请求杀了她。”官老爷奇怪地问：“你的家业在哪里呢？现在又败成了什么样子？”

「专家解疑」原原本本：照原样从头到尾地（叙述）。

这个人便从拾到一个鸡蛋说起，一直说到要买小妾，原原本本地告诉了官老爷。官老爷想了想，就命令衙役把他妻子抓了起来，呵斥她说：“这么大的一个家业，被你这个恶妇一拳就毁尽了，不杀了你不足以抵罪！”接着就下令架起油锅，将油烧得滚开。那妻子见了吓得面无人色，号啕大哭起来：“官老爷啊，你可得为我做主啊，我是冤枉的啊！”“说，你还有什么冤枉！”“我丈夫说的一切都是还没有成为事实的事，为什么要烹我呢？”官老爷说：“你丈夫说买妾，也是没有成为事实的事，你为什么要嫉妒呢？”妻子说：“道理是这样，但是铲除祸根要早啊！”官老爷听了笑了笑，放她走了。

「名师点拨」这个人的妻子对待丈夫，即使是没有发生的事也要“铲除祸根”，而同样的事情发生在自己身上时就大喊冤枉，前后态度的反差令人捧腹。

智慧引路

我们不管做什么事，都要踏实，不能学这对夫妻把虚幻的东西作为根基。

鲁婴泣卫

春秋时期，鲁国有个城门卫士的女儿名叫鲁婴，生得聪明伶俐，且多愁善感，富于同情之心。这天，是个月朗星稀的夏夜，一群少女聚集在月光下，唱歌、跳舞、讲故事。大伙儿正玩得十分开心的时候，鲁婴却躲到一旁偷偷地哭了起来。

她的一位好朋友发现了以后，以为发生了什么事，便走过去悄悄地问鲁婴："你到底是为什么事而伤心哭泣呢？"

鲁婴睁开泪眼，望了望好朋友，然后说："白天我听人家说，卫国王子的品行不好，喜欢打仗，缺少爱心，当时我心里就很不是滋味。刚才大伙儿在讲故事时，我又想起了这件事，所以就哭了。"

这时，早已围上来的一群姑娘都争着来劝慰她："卫国王子的品行不好，这跟我们鲁国有什么相干？再说打仗，那是诸侯间的争王争霸，你一个平民家的女儿，管得了吗？为这些不着边际的事情瞎操心，真是犯不着！"

鲁婴听了这番话，很不以为然。她说："我的想法跟你们不同。我至今还清楚地记得，前几年，有个宋国的大司马打了败仗，逃亡时经过鲁国，他的马就将我家好好的菜园子踩了个乱七八糟，使我家平白无故地遭受了损失。去年，越王勾践为复仇而攻打吴国，鲁国国君为了讨好越王，就在民间搜寻美女去献给他，结果将我

「专家解疑」

多愁善感：形容人感情脆弱，容易发愁或感伤。

品行：有关道德的行为。

「名师点拨」

鲁婴根据前几年打仗时自己家庭因为战乱所遭受的损失和苦难与整个国家以及周边国家的局势结合起来，懂得诸侯、国家之间的征战最先遭殃的就是像自己这样的百姓，非常睿智。

的姐姐选中了。后来，我的哥哥前往越国去探视姐姐，又在中途被吴越混战的将士所杀害……”

说到这里，鲁婴早已泣不成声，难以自持了，围在一旁的姑娘们也难过得一个个低下了头。过了一会儿，鲁婴才停止了哭泣，继续说道：“这两件事告诉我，打起仗来是没有国界的，遭殃的首先是老百姓。现在，卫国的王子又是这样喜欢打仗，而我却只剩下一个弟弟了，说不定哪一天灾祸又会突然降临到我们姐弟头上，这又怎么能不让我担心害怕呢？”

「哲理名言」
打起仗来是没有国界的，遭殃的首先是老百姓。

智慧引路

寓言中的鲁婴的看法并不是杞人忧天，她只是采取了正确的、未雨绸缪的科学态度。我们在生活中也要学习这种生活态度。

唇亡齿寒

「人物介绍」
晋献公：姬姓，名诡诸，晋武公之子，春秋时期的晋国君主，在位二十六年。在位期间奉行尊王政策，“并国十七，服国三十八”。

晋献公要出兵攻打虢（guó）国，首先必须经过虞国，但是他担心虞国不肯答应借路。这时，晋国大臣荀息对献公说：“您如果肯将垂棘（地名）所产的名贵玉石与屈产（地名，均属晋国领土）所出的良马奉送给虞国的国君，然后再向他借路，我想他是会答应的。”

晋献公有些犹豫地说："垂棘玉石是我祖传的宝贝，屈产宝马是我心爱的坐骑啊。如果虞国国君收下了我的这两件珍贵的礼物，却仍然不肯借路给我，那怎么办？"

荀息于是对献公分析道："虞国的国君如果不肯借路，他定然不敢随便收下我们的礼物；如果他收下了玉石和宝马，就一定会借路给我们。至于这两件宝贝，您有些舍不得，这也不要紧，他们只不过是暂时寄存在那里罢了，迟早还是要归还给您的。打个比方，我们将垂棘玉石放在虞国，就好比从内室移到了室外；而将屈产宝马放到虞国，也就好比是从内马圈牵到了外马圈一样。到时候，您如果要把这两件宝贝取回来，那还不容易吗？"

「名师点拨」从荀息的这句话中可以知道，他对于自己的计策非常有信心，而且也透露出在攻下虢国之后，下一个目标就是虞国。

一番话说得晋献公如释重负，于是决定按荀息的计谋行事。

「专家解疑」如释重负：像放下重担子一样，形容解除精神压力后心情轻松愉快。

虞国的国君见到这两件稀世宝物后，有些动心，打算给晋国借路。这时，虞国大夫宫之奇出面劝阻说："国君可不能这样做呀！虢国是我们的邻邦，他们与我国恰似一种唇齿相依的亲密关系，如果嘴唇没有了，牙齿是会挨冻的呀！长期以来，我们两国在危难之际互相救助，这并不是什么互施恩德，而完全是战略上的互相需要啊。而今，您同意给晋国借路，让其攻打虢国。如果晋国在今天消灭了虢国，我们虞国在明天就会被晋国吃掉，这该是多么危险的事啊。"

可是，虞国国君一心贪恋晋国的宝玉和良马，听不进宫之奇的劝阻，给晋国军队让出了一条攻打虢国的必经之路。

「名师点拨」虞国国君因自己的贪念，不听忠臣劝阻，置国家利益于不顾，出卖友好邻邦的行为实在是昏庸。最终难逃亡国的命运。

晋国凭借自己的国力强盛、兵强马壮，很快就消灭了弱小的虢国。在班师回朝之际，又顺便剿灭了毫无准备的虞国。为此，荀息专门去虞国找回宝玉和良马，当面归还给晋献公。

「专家解疑」
班师：调回出征的军队，也指出征的军队胜利归来。

晋献公望着失而复得的宝物，十分得意地说："宝玉还是我原来的那一块，没有变样；只是这马又多长了一颗牙齿，比去年大一岁了。"

智慧引路

虞国国君为了贪图眼前的一点儿小利，置国家利益于不顾，结果招致亡国的巨大灾难，这个深刻的历史教训，是值得后人深思的。

名家品评

在这一章中讲述了关于福祸的故事。我们常说“福祸相依”，福和祸往往相伴而来，幸福不会从天而降，很多灾祸也不是人类可以控制的，但是我们却可以从生活实践中得出趋福避祸的经验。很多时候，只要我们拥有一种平和的心态，遇事多思考就可以远离灾祸而收获幸福。

阅读思考

1. 神箭手后羿平时射起箭来百发百中，为什么跟他定下了赏罚规则，他就大失水准了呢？

2. 墨子仔细地观察了染丝的全过程后有什么感悟？

3.《眼前与将来》这篇寓言说明了一个什么道理？

4. 卫国王子的品行不好，鲁婴为什么要伤心哭泣？

第六章
贪廉篇

上一章介绍了关于福祸的故事，在这一章中我们将讲述关于贪廉的故事。在生活中我们都喜欢清廉正直的人，讨厌贪得无厌的人，只是说起来容易，做起来难，很多人还是控制不住自己的贪念，越陷越深，不能自拔。那么，守财奴和吝啬鬼究竟有多么贪婪？他们做了哪些荒唐之事？赵奢和李离用他们的行动给了我们什么启迪呢？下面就让我们走进他们的故事，以他们的故事为鉴，一起来“倡廉肃贪”吧！

守财奴的故事

「专家解疑」
产业：①土地、房屋、工厂等财产（多指私有的）。②构成国民经济的行业和部门。③指现代工业生产（多用作定语）。

在汉朝时候有一个老头，经营着一笔不小的产业。经过多年积累，老头儿家里十分有钱。他既没有儿子，也没有女儿，独自一个人居住在一间大房子里。

老头儿每天天蒙蒙亮就赶紧起床来经营产业，拼命赚钱，一刻也不肯停下，直到天黑了才肯休息。就这样，他赚回了很多很

多的钱，可是他总是吃粗茶淡饭，穿破旧的衣服，从不轻易花一文钱。实在迫不得已要拿钱出来买粮食，他也会心疼得好几天吃不香睡不好。平时遇到有人向他借钱，他总是不问缘由，毫无商量余地地就一口回绝。

「名师点拨」我们在这个社会中生活，钱财不是不重要，但它毕竟是身外之物，我们挣钱是为了可以更好地生活，也要尽自己所能帮助他人、回馈社会才是，这个老头儿的做法实在是让人难以理解。

有一天，一个非常贫困的人来找这个老头儿，可怜巴巴地说："我的老母亲一直瘫痪在床，妻子身体弱，干不了什么活儿。今年收成不好，本来就不够吃的，偏偏昨天小儿子又得了急病，真是祸不单行哪！我家锅都快揭不开了，实在没钱给儿子治病，求求您发发慈悲，借一点儿钱给我吧。"老头儿似乎一点儿也没被打动，毫不怜悯地说："你求我有什么用呢？我也没有钱啊！"借钱的人还是不愿罢休，就一直跟着老头儿，不停地求他："您做做好事吧，您有那么大的家业，不会没钱的，您不会眼睁睁地看着我的儿子病死吧，您借我一些钱，我一定会报答您的。"

「专家解疑」祸不单行：不幸的事接连发生。

借钱的人这样苦苦哀求，老头儿被缠得实在是受不了了，只得走进内室去取钱。他慢吞吞地拿出十文钱，从屋里慢慢走出来，走几步就减掉一文钱，走几步就减掉一文钱，等他走到外面来，就只剩下五文钱了。老头儿极不情愿地把钱交给人家，心疼得紧闭双眼，看也不忍心看，还一再嘱咐人家说："我把全部家业都拿来帮助你了，可千万别对别人说啊，不然他们都会像你这样跑到我这里来的，可怜我哪里还有钱给人家啊！"借钱的人伤心地流着眼泪说："五文钱叫我一家怎么活呀，你也太狠心了！"老

「名师点拨」通过"慢吞吞""极不情愿""紧闭双眼"等动作和神态的描写可以看出，这个老头儿还真是爱财如命，非常吝啬。

头儿的眼泪也下来了，不过他是心疼他的钱。

「名师点拨」钱财是身外之物，生不带来，死不带去，因此，我们不能把钱看得太重，如果像故事中的老头儿那样就太不值了。

不久，老头儿死了。因为他没有继承人，他的田地、房产都被官府没收，他积累的钱财也都充实国库了。

智慧引路

作为现代社会的主人，我们千万不能学习故事中的老头儿的这种做法。在我们处理有关钱的问题时，一定要让金钱用到该用的地方去，这才是最好的利用。

屙金子的石牛

从前，在四川的西部有个叫作蜀国的国家，土地肥沃、物产丰富，很是富庶。离它不远的秦国早就对这块富饶的土地垂涎三尺，想要把它划归自己所有。可是通往蜀国的道路非常险峻，有陡峭的悬崖绝壁和万丈深谷隔在路途上，一跌下去就会摔个粉身碎骨，进军的路线无法畅通，任凭秦国虎视眈眈，可一时也无可奈何。

「专家解疑」垂涎（xián）：因想吃而流口水，比喻看见别人的好东西想得到。
虎视眈（dān）眈：形容贪婪而凶狠地注视。
有机可乘：有空子可以利用。也说有隙可乘。

蜀国的国君生性贪婪，总是大肆搜刮民间财富来满足自己对金钱的贪欲，有时甚至不惜一切代价。秦国的国王秦惠王从派去探听消息的人口中得知了蜀王的性情，觉得有机可乘。苦苦思索了很久以后，秦惠王终于想出了一条计策。

秦惠王命令工匠打造了一头巨大的石牛，在石牛的屁股后面放了好多金银绸缎，放出消息说这头石牛会屙金子。

蜀国的探子把关于这头会屙金子的名牛的奇闻告诉了蜀王，蜀王听了羡慕得不得了，暗道：要是我有这么一头石牛，天天给我屙金子，那该有多好啊！正在这时候，秦国的使者来了，他向蜀王说，秦惠王为了表示秦蜀友好的诚意，决定把会屙金子的石牛送给蜀王。

蜀王大喜过望，他听使者说石牛的身形巨大，要从秦国运到蜀国来恐怕很不方便，急忙保证说：“这个不成问题，贵国国君既然肯把石牛送给我，我哪里有不想办法把它运到我国来的道理呢，就请你们的国君放心好了。”

「名师点拨」蜀王为了一己之私，不顾大臣反对，置国家利益于不顾，将天然的保护屏障修成了平坦大道，不仅劳民伤财，更是给国家带来了灭国的危险。

蜀王也不顾大臣们的极力反对，在国内征调了大量民工，把悬崖挖开了，把深谷也填平了，为了能让石牛顺利到达，把通向蜀国的险径都修成了平坦大道。然后他派了五个大力士到秦国去迎接石牛。

贪心的蜀王哪里料得到，秦惠王早已派遣军队悄悄跟在石牛后面，随着石牛蜂拥而入，一举灭掉了蜀国。

智慧引路

从蜀王因贪小便宜而失掉整个国家的这件事上，我们要吸取教训，把眼光放得长远些，以免为了眼前的一点儿小利而损害了整体的利益。

致富的诀窍

「专家解疑」作揖（yī）：两手抱拳高拱，身子略弯，向人敬礼。

虔（qián）诚：恭敬而有诚意（多指宗教信仰）。

从前，有一个贫穷的读书人，家境贫苦，缺吃缺穿，而邻居家是个富翁，吃得好，穿得好，常常让这个穷读书人羡慕不已。

一天，读书人找出自己平时舍不得穿的一件只打了一块补丁的衣服，去拜见他的富翁邻居，向他请教致富的方法。他先是彬彬有礼地打躬作揖，向富翁行礼问好，然后面有愧色地向富翁说明来意和希望。富翁听了他的一番话，见他一副虔诚的模样，就对他说：“想富可不是件简单的事啊！你得回去先斋戒三天，然后再来，那时我方能告诉你致富的方法。”读书人没说什么，转身回到了家里。

「专家解疑」
斋（zhāi）戒：①旧时祭祀鬼神时，穿整洁衣服，戒除嗜欲（如不喝酒、不吃荤等），以表示虔诚。②封斋。

回家后，读书人按富翁的说法，斋戒三日，他家原来就少有鱼肉吃，这三日，他连粗茶淡饭几乎都戒掉了，一心闭目打坐，清除杂念，修身养性。

到第四天，读书人买好了礼物，再去拜见邻家的富翁。富翁收下了他的礼物，叫他在屏风外面等着。富翁在里边让人摆好桌子，整了整衣冠，然后请读书人进去。富翁朝他作了个揖，十分严肃、神秘地对读书人说：“要想致富，首先应革除五大祸根。这五大祸根不去掉，要想致富，那是办不到的。”

读书人疑惑不解地问道：“请问那五大祸根到底是些什么呢？”

富翁不紧不慢地说道：“那就是人们常说的仁、义、礼、智、信啊！这五种祸根不除，怎么能谈致富呢！”

读书人一听，脸色由红变白，一句话也说不出来。

智慧引路

故事中的这个富翁其实是讲出了剥削者致富的丑恶本质，他们的致富诀窍，就是不择手段！虽然想要致富很重要，但是也要采取光明正大的方法才可以。

不过一场梦

有一个牧羊人，整天赶着羊群在草地上放牧。每天天一亮，牧羊人就从他那破旧的房子里走出来，拿着羊鞭走到与他的房子仅一墙之隔的羊圈里，将羊群赶到草地上，直到傍晚，再将羊群赶回家。他就这样日复一日、年复一年地生活着。

这天早上，当他赶着羊群出去放牧的途中，远远地看见一队贵族的马车走过。那些马匹个个长得膘肥体壮，皮毛油亮，像绸缎一样光滑；那些马车高大华丽，每一辆马车都罩着五彩缤纷的篷，篷上的丝带在风中飘着，真是好看。牧羊人看呆了，连他的羊群已经走远了，他都没有觉察到。

整整一天，牧羊人一直念念不忘早上看到的那般情景。他在想，那坐在马车里的人该是多么享福啊！他边想边看着自己眼前的一切，觉得十分伤心。

天快黑了，牧羊人又赶着羊群回家。他看着争先恐后往前走

「好词好句」
日复一日
年复一年
*那些马匹个个长得膘肥体壮，皮毛油亮，像绸缎一样光滑。
*牧羊人看呆了，连他的羊群已经走远了，他都没有觉察到。

「专家解疑」
念念不忘：牢记在心，时刻不忘。

的羊，好像它们一个个都变成了马似的，他好像还感到了眼前有马车，马车上还有篷……

这天回到家，牧羊人一躺到床上就睡着了。他做了一个梦。他梦见自己穿着华丽的衣服坐在舒适的马车里，车垫是用**鹅绒**铺的，柔软极了；特别是那车篷，是用锦缎做的，篷沿上缀满了闪亮的金片，四周悬着的丝带不停地摇摆着。马车的两边还有乐队在吹奏着悦耳的曲子。他撩开车篷的小窗朝外一看，车队长着呢，马匹拉着许多华丽的篷车，实在是又威武又神气！他觉得自己再也不是一个牧羊人了，而是一个有钱有势的王公贵族。

「专家解疑」
鹅绒：加工过的鹅氄(rǒng)毛，细软，能保温，可以填装成被褥等。

他正坐在马车中恍恍惚惚欣赏着乐曲，不知是哪个乐手吹错了调，乐曲变得杂乱起来，曲子越来越不好听、越来越刺耳。他不耐烦地拍了一下车座，喊了一声，忽然，一切都消失了，原来是场梦。此刻，天早已大亮，太阳都升起来了，羊圈里的羊都在不耐烦地“咩咩”直叫唤哩。

「名师点拨」
原来刚才一切美好的事情都是在做梦，梦境中的美好和现实中的乏味形成了鲜明对比，而最后一句话中羊群“咩咩”的叫声把他彻底拉回了现实，他又要过那种日复一日放羊的生活了。

智慧引路

我们不应该像牧羊人那样不切实际地幻想，因为那些虚幻的奢靡靠这些幻想是不可能实现的。

同族异类

在猴的家族中，有一类叫猿的，有一类叫作王孙的，它们虽同属猴族，可是不同类。猿和王孙的性情、生活习惯等都有很大的不同，它们分别居住在不同的山上，彼此间很不友好、互不相容。

「名师点拨」猿和王孙同属猴族，但是性情、生活习惯等都相差很大，文章开篇点题，照应题目“同族异类”。

猿们大都很安静，举止稳重，性情温和，它们居住在一起，老幼强弱彼此爱护。有了食物，它们彼此相让着吃；外出时，它们列队行走，很守纪律；走到溪边饮水，都是井然有序。如果行走途中有谁不幸走失了，猿群便发出悲哀的叫声，呼唤着那离散的伙伴。当它们遇到危险，便会马上紧紧靠在一起，让弱小的猿藏在中间不至于受到伤害。猿对人类也很友好，它们不践踏人们种的庄稼，也不去毁坏人们种的蔬菜。在它们居住的山林里，到处长满了野果子，当树上的果子还没成熟时，猿们从不去破坏它，还轮流着尽心看守果树；等到果子成熟了，猿们便呼唤大家都来，聚集在一起才开始吃，显得十分和睦温馨。山中生长的那些小草、小花，猿也从不去侵犯、践踏、摧残，当它们要经过那些长着花、草的地方时，总是绕道而走，尽量保护着草木。所以，猿居住的山林常常是郁郁葱葱。

「专家解疑」井然：形容整齐的样子。

「名师点拨」王孙的性情和品行与猿形成了鲜明的对比，猿举止稳重、性情温和，而王孙性情暴躁且放肆，它们不同的性情也导致了它们各自生活习惯的不同。

王孙们就大不相同了。它们性情暴躁且放肆，即使是同一群王孙，互相之间也不能和睦相处。它们吃起东西来，互相抢夺撕咬，谁也不让谁。遇到外出，王孙们毫无纪律可言，既没有列队，也无秩序。喝起水来，一团乱糟糟，又是嚎又是叫。若是有谁走散了，绝没有同伴思念、怜悯它；遇到危难，更不用说，它们往往就推出弱小者做牺牲品以便自己脱身。平时，它们恣意践踏、损坏人们种的庄稼，还以此为乐，王孙所到之处，全被搞得七零八落。山林中，树上的果子还没有成熟，就乱咬乱扔，它们还常常偷吃同伴的食物。山中的小花、小草，常遭王孙们践踏。它们肆意摧残草木，将草木折断、拉弯，直到草木枯槁了才罢休。因此，王孙们居住的山林也就常常荒芜不堪。

「专家解疑」
秩（zhì）序：有条理、不混乱的情况。
践（jiàn）踏：①踩。②比喻摧残。
荒芜（wú）：（田地）因无人管理而长满野草。

智慧引路

这个故事说明：有清廉自守的主人，就会有安居乐业欣欣向荣的环境；而若是有贪婪凶狠的主人，那么就不会有安宁的环境。

赵奢秉公办事

赵奢年轻的时候，曾担任赵国征收田税的小官。官职虽小，可赵奢忠于职守，秉公办事，不畏权势。

一次，赵奢带着几名手下到平原君家去征收田税。这平原君名叫赵胜，是赵国的相王，又是赵王的弟弟，位尊一时。平原君

「人物介绍」
平原君：赵胜，赵国贵族，赵武灵王之子，惠文王之弟，号平原君。因贤能而闻名，是赵国宗室大臣，战国四公子之一。

「名师点拨」平原君的管家和家丁狗仗人势，仗着主人平原君地位尊贵，就蛮横不讲理、聚众闹事，这样的人就应该有像赵奢这种正直的官员来加以惩治。

的管家见赵奢前来收税，根本就不把他放在眼里。管家态度十分骄横，蛮不讲理。他招来一伙家丁，把赵奢和几个手下人围了起来，不但拒交田税，还无理取闹。赵奢十分气愤，他大喝道："谁敢聚众闹事，拒交国家税收，我就按国法从事，不论他是谁！"管家仗着自己是平原君家的要人，对赵奢的话不以为然，结果，赵奢真的依照当时的国家法律，严肃地处理了这件事，杀了平原君家包括管家在内的九个参与闹事的人。平原君知道这件事后，大发雷霆，扬言要杀掉赵奢。有很多人都劝赵奢赶快逃到别国去躲一躲，免遭杀身之祸。

「名师点拨」赵奢不但不害怕，而且还主动上门去规劝平原君，由此可见，赵奢不仅为人正直，而且也非常有胆量。

可是赵奢一点儿也不害怕，他说："我以国家利益为重，依法办　事，为什么要逃避？"他主动上门到平原君家去，用道理规劝平原君说："您是赵国的王公贵族，不应该放纵家人违反国家法令。如果大家都不遵守国家法律，都拒不交纳国家田税，那国家的力量就会遭到削弱。国家一削弱，就会遭到别国的侵犯，甚至还会把我们赵国灭掉。如果到了那一天，您平原君还能保住现在这样的富贵吗？像您这样身处高位的人，如果能带头遵守国家各项法令制度，带头交纳田税，那么上上下下的事情就可以得到公平合理的解决，天下人也会心悦诚服地交租纳税，那么，国家也就会强盛起来。国家强盛，这其实也是平原君您所希望的呀。您身为王族贵公子，又担当相国重任，怎么可以带头轻视国家法令呢？"

「专家解疑」心悦诚服：诚心诚意地佩服或服从。

静

一席话，说得平原君心服口服，也对赵奢以国家利益为重、秉公办事的态度十分赞赏。他认定赵奢是个贤能的人才，就把赵奢推荐给赵王，赵王命赵奢统管全国赋税。

「名师点拨」在赵奢的规劝下，平原君认识到了自己的错误，而且还不计前嫌将赵奢推荐给赵王，可见，平原君也是一位开明的贤臣。

打这以后，赵国的税负公正合理，适时按量收缴，谁也不徇私情，国库得到充实，老百姓也富裕起来。

智慧引路

如果每一个官员都像赵奢这样不畏权势，奉公执法，那么，国家一定会强盛的！

吝啬鬼

有个人的邻居是个十分悭吝的人，人们都叫他吝啬鬼。吝啬鬼家里粮满仓、柴成垛，可他还总是装穷叫苦，占别人的便宜。

「专家解疑」悭（qiān）吝：吝啬；小气。

一天，吝啬鬼家里来了客人，吝啬鬼把酒肉都藏了起来，装着很为难的样子，到邻居家借了几棵菜、一小盅油，回家煮了点稀饭“招待”了客人。晚上，等客人走后，吝啬鬼一家才又重新做了香喷喷的饭菜，舒舒服服吃了一顿。其实吝啬鬼家的生活是很富裕的，可是他总希望着更加富裕。

「名师点拨」吝啬鬼一家在客人面前装出一副寒酸样，而等客人走后，自己再重新吃好饭，这种行为实在是吝啬到了极点。

一天，吝啬鬼忽然想起来要去祭土地神，因为他觉得土地神是能保佑他更加富裕的神。祭神是需要献上供品的，吝啬鬼希望土地神赐给自己更多的财富，却又舍不得投入一点点供品。面对着家中的大米、白面、鱼肉、好酒，吝啬鬼犯了难。他摸了摸雪白的米饭、馒头，闻了闻香喷喷的腊肉、熏鱼，碰了碰盖得严严实实的成坛的老酒，终于没舍得拿出来。

吝啬鬼狠狠心、咬咬牙，拿半碗大米到邻居家换了一小碗米饭，从当天吃剩的菜中拣了三条小鱼，又将未喝完的半瓶酒带上，就很慷慨地出了家门。

「名师点拨」吝啬鬼在供奉神灵的时候也是极尽他吝啬鬼的本质，给土地神的贡品都是残羹冷饭，居然还想得到保佑，真是贪得无厌。

到了土地神住的庙中，他摆上那些不像样子的供品，认真地祈祷说："土地爷爷，我拿了酒、鱼、米饭来供奉您老人家，请您保佑我有更多的财富吧。让我那干旱的高坡地也都长出茂盛的庄稼；让我那水涝的湖洼地也都收获上万石的粮食吧！请将我的这些财富和您的保佑传给我的子孙后代，让他们也年年丰收，永远获得多多的财富吧。"

「专家解疑」石（dàn）：容量单位，10斗等于1石（在古书中读shí，如"二千石、万石"等）。

智慧引路

像这种只会无止境地向别人索取，而不考虑对别人也应付出的人，是不会得到别人的赐予的。

修路与架桥

「人物介绍」
景差：芈姓，景氏，名差，战国时楚国人。屈原的后辈，辞赋家。

景差是郑国的相国。

一次，景差坐着马车带着随从外出，出都城走了一段路，发现前面车马拥挤，道路堵塞，景差让随从上前察看，原来前面很长一段路淤泥堆积，坑坑洼洼，车、马每行到此便难以前进，马摔倒路边，车陷进泥里，人只好下车去拼命推拉那些车、马，搞得十分狼狈。堵在后面的行人十分焦急。见此状况，景差忙命自己的随从都下去帮忙推车拉马，自己也亲自下车前去指挥，使混乱的局面慢慢变得有秩序起来。又有一次，景差坐车经过一条河边，只见一个老百姓卷起裤脚走过河，因为时值隆冬，那人上岸后，两条腿已经冻僵，全身也哆嗦成一团。景差看到这个情况，赶紧叫随行的人把那冻得浑身发紫的百姓扶到后面的车上，拿过一件棉衣盖在他身上。好半天那人才缓过气来，对景差是千恩万谢，感激不尽。

「名师点拨」
景差看到行人的车马陷于淤泥之中，亲自指挥疏通，作为个人来讲，他是一个善良、乐于助人之人，但是作为国家的相国来讲，他更应该从根本上解决道路泥泞的事情。

景差关怀老百姓疾苦的事情传开了，大家都称赞景差是个了不起的人。可是晋国大夫叔向却与众人持相反的态度。叔向说：“作为一个相国，景差并不称职，只不过是个庸才罢了。假如他真正胜任本职工作，就该对交通情况、桥梁道路了如指掌。对泥泞的

「专家解疑」
了如指掌：好像指着自己的手掌给人看一样，形容对情况非常清楚。

路面及时加以维修，而不至于到了走不通时去指挥疏通。至于桥梁，他该在春季就动员百姓把河沟渠道清理好，在秋季就组织人力、物力将渡口桥梁修复、架好。到了寒冷的冬季，连牲畜都不能走过河了，何况人呢？可见景差胸无全局，不会深谋远虑，算不得称职的相国。”

「专家解疑」
动员：①国家把武装力量由和平状态转入战时状态，把所有的经济部门（工业、农业、运输业等）转入供应战争需要。②发动人参加某项活动。
深谋远虑：周密地计划，往长远里考虑。

智慧引路

虽然景差是关心百姓，爱护百姓的，但是他并没有好好地利用自己的职权，替老百姓解决最根本的问题。所以说，一定要充分利用自己手中的权力，帮老百姓做实事。

李离殉法

李离是春秋时期晋国掌管刑罚的最高长官。李离执法如山、公正不阿，视法律比生命更重要，成为我国历史上一位了不起的人物。

李离断案，一向都是细致入微，极其认真，所以他经手的案子从无差错，可是有一天，李离在查阅过去的案卷时，竟发现一起错杀的冤案，他感到惊骇不已，惭愧万分。他觉得自己犯下了不可饶恕的罪过，不但不配再做执法的长官，而且给国家的法律

「名师点拨」
李离查阅过去的案卷时发现了这起错判的冤案，其实，只要他不说，别人也不会知道，但是他却主动向晋文公请罪，可见他的刚直不阿。

「人物介绍」
晋文公：姬姓，名重耳，晋献公之子，是春秋时期晋国的第二十二任君主，公元前636-前628年在位，晋文公文治武功卓著，是春秋五霸之一。

抹了黑。于是，李离让手下人将自己捆绑起来，送到晋文公那里，请求晋文公将自己处死。

晋文公对李离这种严于律己的行为十分赞赏，也为他的诚心实意所感动。晋文公不但没有怪罪李离，还亲自为他解开身上的绳索。

晋文公劝李离说："这件案子是下面搞错的，并不是你的罪过。再说，我们每个官员的职务有高有低，因此对我们的处罚也该有轻有重。何况这件案子又不是你直接办理的，我怎么能怪罪于你呢？"

可是李离依然长跪不起，他坚持说："臣下的官职最高，从没把自己的权力让给下属；平时享受的俸禄也最多，也并没有把俸禄分给下属。今天我有了过错，怎么可以把责任推给下面的人呢？现在出了错案，我理当承担罪责。还是请大王将我处死吧！"

晋文公有些不高兴了，说："你认为下属出了问题，责任在你这个上司的身上。如果照你的逻辑去推断，那不连我也该有罪了吗？"

「专家解疑」
逻辑：①思维的规律。②客观的规律性。③逻辑学。

李离回答说，"我是掌管刑罚的最高长官，国家法律早有规定，判错刑者服刑，杀错人者要被杀。大王信任我，将执行国家刑罚的重任交给了我，而我却没能深入调查，明断真伪，以至于造成了错杀无辜的冤案。按法律我应受到处置，因此处死我是理所当然！如果我不自觉伏法，那法律的尊严还能受到别人重视吗？"

「名师点拨」
天子犯法与庶民同罪，李离以身作则，坚决维护法律的尊严，这种大无畏的精神令人佩服。

说完，李离猛地从卫士手里夺过宝剑，使尽力气朝自己挥去，

顿时鲜血迸溅，气绝身亡。

晋文公阻拦不及，好长时间都唏嘘不已。

「专家解疑」
唏嘘：哭泣后不自主地急促呼吸；抽搭。也作欷歔。

智慧引路

李离以自己的鲜血和生命捍卫法律的尊严，实践了在“法律面前人人平等”的思想，对我们的教育是非常深刻的。

叶公好龙

「名师点拨」
叶公喜欢画龙，但是在见到真龙后却“吓得魂飞魄散，没命地奔跑”，可见他喜欢龙也并不是发自内心地喜欢，只是表面地、肤浅地喜欢。

叶公喜欢画龙，他住的地方，墙壁上，柱子上，到处都画着龙。真龙得知后，好奇地飞到叶公家里，叶公吓得魂飞魄散，没命地奔逃。

龙拦住他，和气地对他说：“先生，别怕。你这么喜欢龙，我是来和你交朋友的。”

叶公见龙真的没有伤害他的意思，这才放下心来。从此以后，叶公和龙成了好朋友。龙经常来叶公家看叶公画画；叶公有真龙做模特，他画的龙也就越来越逼真。后来，这些龙点上眼睛后，居然都从墙上飞了下来，腾云驾雾，在空中飞舞。

“叶公把龙画活了！”这个消息很快传了开去，响尾蛇、黔驴、驽马纷纷登门拜访。

响尾蛇拿出一块金子说："先生，你的龙虽然画得不错，但尾巴没有什么特色。如果你能把我的尾巴画上去，那么，不但龙的尾巴可以摇出美妙的响声，而且，你还可以得到这块金子。"

龙的身上长出一条蛇尾巴，这该有多么荒唐？可是，那块金子的诱惑力实在太大了。叶公收下了金子，按响尾蛇的要求，把龙尾改成了蛇尾。

黔驴把一颗宝石放到叶公面前说："叶大师，你的龙画得好是好，可惜龙头不好看。那一对角枝枝杈杈，显得有些野蛮；那一张血盆大口与尖牙利齿，叫人望而生畏。你如果按我的模样改画龙头，一定可以创造出一个温文尔雅的学者型的龙的形象来！"

这是一个什么样的馊点子啊！叶公刚要拒绝，一抬头，看见那颗硕大的宝石，马上改变了主意。他当着黔驴的面把龙头改成了驴头。而那颗宝石，则装进了自己的腰包。

驽马带来的是一幅价值连城的古画。它偏着头把叶公画的龙看了又看，提出了一条建议："老兄，你的画无与伦比，唯一的缺陷是龙爪太丑，看见这尖利的爪子，就使人联想到凶狠霸道的秃鹰。尊贵的龙怎么能和秃鹰同流合污呢？希望你把我的四蹄画到龙的腿上。这幅画嘛，自然应该由你这位杰出的绘画大师来收藏啰！"

叶公实在太想得到这幅古画了。于是，他满足了驽马的要求，把龙爪改成了马蹄。

「专家解疑」

荒唐：①（思想、言行）错误到使人觉得奇怪的程度。②（行为）放荡，没有节制。

温文尔雅：态度温和，举止文雅。

同流合污：随着坏人一起做坏事。

「好词好句」

价值连城

无与伦比

*尊贵的龙怎么能和秃鹰同流合污呢？

*这幅画嘛，自然应该由你这位杰出的绘画大师来收藏啰！

「名师点拨」叶公之前可以将龙画活是因为他心无杂念，专心致志地画龙；而之后，面对金钱的诱惑，他一次次地妥协，最终画出来的根本就不是龙，又怎么会活起来？

叶公富起来了，可是他画的龙，却再也活不起来了。

智慧引路

本来叶公是可以让龙活起来的，但是因为他的贪婪，最后导致了他再也不能让龙变活。这则故事告诉我们，只是一味地贪婪，没有自己的原则，最后受到损失的终究是自己。

打草惊蛇

南唐时候，有个叫王鲁的县令。这个县令是个贪官，财迷心窍，见钱眼开。只要有钱，他就不顾是非曲直，非要将这些钱据为己有。因此，在他当任期间，干了许多贪赃枉法的坏事。

「专家解疑」贪赃枉法：官员贪污受贿，利用职权歪曲或破坏法律。

上梁不正下梁歪：比喻上面的人行为不正，下面的人也就跟着学坏。

俗话说，上梁不正下梁歪。因为上司是贪赃枉法之人，这王鲁属下的那些大小官吏也跟着学，一个个明目张胆地贪污受贿、搜刮民财，变着法儿敲诈勒索，这样的大小贪官在县里占了十之八九。当时，老百姓的日子过得苦不堪言，他们心里恨透了这批狗官，希望能找个机会惩治他们一番，消消心里的怒火。

一次，朝廷派一些官员下来视察民情，县里百姓认为这是一个很好的机会。于是就联名写了一份状子，要控告县衙里的主簿等人营私舞弊、贪污受贿的种种不法行为。

状子首先递送到了县令王鲁手上。王鲁将状子从头到尾看了一遍，这一看不打紧，看得王鲁浑身冷汗直冒，不停地打着哆嗦。原来，状子上写的都是百姓所列举的种种犯罪事实，有些事情和王鲁自己干过的事儿很相似，甚至很多坏事和王鲁本人都有牵连。状子是告主簿几个人的，但王鲁感觉这是在告自己。他越想越觉得这事儿严重，和自己脱不开干系，因此越来越害怕。要是老百姓继续告下去，早晚都会告到自己头上，朝廷很快就能查清实情，而自己的胡作非为一定会暴露无遗，那岂不是要大祸临头！

「名师点拨」王鲁看过状子之后“冷汗直冒”“不停地打着哆嗦”，通过这些反应可知，这份状子一定是与他相关的。

「专家解疑」胡作非为：不顾法纪或舆论，任意行动。

王鲁越想越害怕，惊恐的心怎么也平静不下来，他颤抖地拿起笔，不由自主地在案卷上写下这样几行字：汝虽打草，吾已惊蛇。写罢，整个人像虚脱了一般，瘫坐在椅子上，笔也掉到地上去了。

智慧引路

那些干了坏事的人常常做贼心虚，在真正的惩罚还未到来之前，只要有一点儿什么声响，他们都会闻风丧胆。

名家品评

这一章讲述的都是关于贪廉的故事，从故事中我们明白了贪婪和廉洁对人生活的影响。一个人若是贪得无厌必将招致祸端，还会遭到众人的唾弃；而一个人若能廉洁正直则必能收获幸福，也会受到他人的尊重。因此，在生活中我们一定要廉洁正直，千万不能产生贪念，更不能被贪念控制，丧失了自我。

阅读思考

1.《守财奴的故事》中通过哪些描写手法来表现守财奴嗜钱如命的？

2. 在《赵奢秉公办事》中，赵奢是怎样让平原君心服口服的？

3. 景差是一个称职的相国吗？为什么？

4.《叶公好钱》的故事揭示了什么道理？

重点测试

一、填空题

1.《高山流水》讲的是________和________的故事。

2. 从《华歆和王朗》这篇寓言故事中我们可以知道，________才是真正善良的人。

3.《望梅止渴》讲的是关于________的故事。

4. 先人们想象中的极大和极小的生灵分别是________和________。

5. 在《致富的诀窍》中，商人说阻碍致富的五大祸根是________、________、________、________、________。

二、选择题

1.《以羊替牛》讲的是关于（　）的故事。

A. 鲁哀公　　B. 齐宣王

C. 平原君　　D. 宋元君

2. 和氏璧的发现者是（　）。

A. 楚厉王　　B. 楚文王

C. 楚武王　　D. 卞和

3 . 下面的人物中，清廉正直之人是（　）。

A. 蜀王　　B. 刘禅

C. 李离　　D. 曹商

三、判断题

1. 卫国的哀骀它因为相貌出众而受到众人的爱戴。（　）

2. 僧伽姓何，何国人氏。 (　)

3.《善解疙瘩》中倪说的弟子将两个疙瘩都解开了。 (　)

4. 扁鹊的医术非常高超。 (　)

5. 猿和王孙虽然同属一类，但它们的性情、生活习惯等都有很大的不同。 (　)

四、简答题

1. 爱美之心人人有之，那么我们在追求美的过程中有什么美丑标准？

2. 在《后羿射箭》这篇故事中，夏王跟后羿定下了赏罚规则后，原本百发百中的神射手后羿就大失水准了，这是为什么呢？

答案

一、填空题

1. 俞伯牙　钟子期

2. 华歆

3. 曹操

4. 大鹏　焦冥

5. 仁　义　礼　智　信

二、选择题

1. B　2. D　3. C

三、判断题

1. ×，哀骀它外表不美，但他的内在之美超越一般人很多，所以受到众人爱戴。

2. ×，僧伽作为出家人，四海为家，也无所谓姓氏、故乡，而非姓何，何国人氏。

3. ×，他只解开了一个疙瘩，另一个疙瘩是一个解不开的死结。

4. √。

5. √。

四、简答题

1. 对美与丑从来有两条标准：追求外在美，是表面的、肤浅的；崇尚内在美，是本质的、富有内涵的。外形固然很重要，但品行却是更重要的标准。一个人若貌美再加上品格高尚，那就一定会受到人们的爱戴。若相貌不美而心灵美，也会获得尊重。

2. 后羿平日射箭，不过是一般练习，在一颗平常心之下，水平自然可以正常发挥。可是跟夏王定下了赏罚规则后，他射出的成绩直接关系到他的切身利益，他的心不静，不能将赏罚置之度外，导致不能充分施展技术而大失水准。从后羿的身上，我们应该吸取教训，面临任何情况时都应尽量保持平常心。